狼王子とパン屋の花嫁

CROSS NOVELS

釘宮つかさ
NOVEL:Tsukasa Kugimiya

サマミヤアカザ
ILLUST:Akaza Samamiya

CROSS NOVELS

CONTENTS

CROSS NOVELS

CONTENTS

狼王子とパン屋の花嫁

Tsukasa Kugimiya presents

Story 釘宮つかさ
Illust サマミヤアカザ

CROSS NOVELS

＊

国境に続く街道を夕暮れの太陽が照らし始める。

一行は、隣国セムラートからルサーク王国への帰路を予定通りに進んでいた。

艶やかな毛並みが見事な軍馬を操る騎馬の十数人は、ほとんどが軍服を着ている。隊列の中ほどを走るのは、黄金をあしらった紋章が刻まれたいかにも立派な馬車だ。

一行を率いているのがどこかの王族だということは、遠目にも一目瞭然《いちもくりょうぜん》だった。

目敏《めざと》い者であれば、隊列の二列目で黒馬に跨《また》がり、黒いマントを着た青年がこの一行を制御していることを見抜くだろう。

黒馬に乗った青年――現在二十四歳のアレクセイは、ルサーク王国の王太子だ。

やや目深に被った帽子でいまは見えないが、項《うなじ》のところで結んだ少し長めの黒髪には、特徴的な一筋の銀髪が交じっている。緩やかに馬を走らせながらも、切れ長で漆黒《しっこく》の目は辺りの警戒に余念がない。

（このぶんなら、今日中には国境を超えられそうだな）

アレクセイは内心で安堵《あんど》の息を吐いていた。

今回の旅の目的は、一週間前に行われた隣国の第一王子の結婚式だった。

ここのところ体調の優れない王の代理としてその招待を受けたアレクセイは、従卒と部下たちを率いて片道一週間の旅に赴いた。祝いの品を持参して式に参列し、各国の王族との挨拶《あいさつ》も恙《つつが》なく終えた。

王の名代になるのはこれが初めてだが、使者としての役割はじゅうぶんに果たせたはずだと思う。

馬車には参加国の使者から渡された様々な特産品が積まれている。

（各国から献上された豪華な土産を見れば、きっと父上も満足なさるだろう）

そう思うとアレクセイの胸に満足感が湧《わ》く。

旅も終わりに近づいた。この長い街道を抜ければ国境の街に着く。少し急げば、もしかしたら日が暮れる前に国に戻れるかもしれないとくれば、自然と気持ちも浮き立つ。

ふと、なにかに呼ばれたような気がして、アレクセイは視線を巡らせた。

馬の蹄《ひづめ》で踏み固められた街道は森の中を貫いている。ちょうどいま走っている道の左側は、やや木がまばらになって開けた草原だ。

そこに一台の粗末な荷馬車が停まっている。まだ朽《く》ちているわけでもないその荷馬車が、なぜか気にかかった。

「コンラート」と、アレクセイは隣を走る側近に声をかける。

「――一行、ゆっくり止まれ！」

すぐに悟ったコンラートが声を上げ、隊列はじょじょに速度を緩め、馬の嘶《いなな》きとともに停止した。

淡いブラウンの髪に蒼《あお》い目を持つコンラートは、二歳年上で、アレクセイの側近だ。やや無骨だが、非常に頭が切れて、医学の心得もある。冷静沈着で信頼のおける男だ。

隊列が止まると、アレクセイは続けた。

「あそこに荷馬車が停まっているのが気になる。休憩するにはおかしな停まり方だと思わないか。もしかしたら、荷馬車が動かなくなって困っているのかもしれない」

コンラートはアレクセイの意思を察し「わかりました、見に行かせましょう」と頷《うなず》いた。

「では――ユーリー、イヴァン！」

呼ばれたふたりは、騎乗のまますぐにコンラートの元にやってきた。ユーリーは長めの金髪を結んでいる。ダークブラウンの短髪がイヴァンだ。

「あの荷馬車に乗り手がいるかを確認し、もしいるようならば困り事がないか訊《たず》ねてきてくれ」

ふたりは「了解しました」と声を揃《そろ》えてアレクセイとコンラートに敬礼する。彼らは馬の手綱《たづな》を操って道を逸《そ》れ、荷馬車のほうへと進んでいく。

様子を見ていると、荷馬車のそばに着いたユーリーが馬を下り、なぜかその場に膝を突く。イヴァンだけが急ぎ気味にこちらに戻ってくる。

――なにか問題があったようだ。

「どうした」

アレクセイが直接訊ねると、狼狽《うろた》えた様子のイヴァンは、一瞬口籠《くちご》もってから答えた。

「……荷馬車の陰に、若い娘がひとりおりました。もうひとりの娘のほうは、その……どうも、亡くなっているようで」

辛そうな顔で報告する理由がようやくわかった。

隊列にはその場での待機を命じ、アレクセイは医療の心得のあるコンラートとともに草むらに足を踏み入れる。

少し手前で馬を下り、ユーリーと娘たちがいる荷馬車の向こう側へと近づく。

そこには、地面に座り込んでなにかを手に持っている娘と、その場に膝を突き、帽子を脱いで胸元に当てているユーリーがいた。

粗末な旅の服を着て座り込んでいる娘を見て、アレクセイはかすかに目を瞠《みは》った。

年の頃は、十四、五歳くらいだろうか。項までの淡い色をした柔らかそうな金髪に、薄い茶色の大きな目をしている。泣き腫《は》らした目尻は、まだ涸《か》れることのない涙で濡れているようだ。

こんなところにひとりで置いておくのは心配なほど愛らしい娘だ。

ユーリーと彼女の間に横たわっているのも、使い古した毛布に躰を包まれてはいるが、人形のように綺麗な娘だった。

まだ亡くなってからそれほど日が経ってはいないのか、青褪《あおざ》めた美しい顔はただ眠っているだけのようにも見える。年はまだ若い。おそらく二十歳《はたち》前後だろう。

面立ちがよく似ている。二人は姉妹か従姉妹だと思われた。

アレクセイがなぜコンラートを伴ってきたかわかったのだろう。こちらを見上げたユーリーが、沈痛な面持ちでゆっくりと首を横に振った。

（だめか……）

もし息があるようならできる限りのことをと思ったけれど、すでに娘の魂は躰を離れ、天に召されたあとだった。

アレクセイたちもその場に跪《ひざまず》く。被っていた帽子を脱ぎ、黙《もく》とうを捧げて、死んだ娘が天国に行けるようにと祈った。

「――大変残念だが、お連れの方は亡くなったのだな」

アレクセイがそっと悔やみの言葉をかけると、怯《おび》えたように娘は身を竦《すく》めた。

まだ呆然《ぼうぜん》とした様子の彼女の白い頬《ほほ》や服には、土汚れがついている。

よく見ると娘は胸元に、なぜかこれも土のついた棍棒《こんぼう》のようなものを握り締めている。

怪訝に思ったとき、アレクセイは、娘のそばにある土がわずかにえぐれていることに気づく。もしかしたら、身内の亡骸《なきがら》を埋葬するために、なんとか穴を掘ろうとしたのかもしれない。この細腕でと、想像するだけでも胸が痛んだ。

亡くなったのはご家族か、と訊ねると、娘は小さく頷く。

おそらく、アレクセイたち一行が軍服を着ているため、信用していい相手なのかまだ判別がつかないのだろう。できる限り怖がらせないように、穏やかな口調で名乗った。

「申し遅れたが、私の名はアレクセイという。我々はこのセムラートから国に戻る旅の途中で、皆ルサーク王国の者だ。街道から停まっているこの荷馬車を見かけたので、もし動かなくなって困っているならと、部下を確認しに行かせて……君の事情を知った」

病気で亡くなられたのか、という質問に、娘はびくりと身を強張らせる。

その拍子に、目に溜まっていた涙がまた頬を伝う。空を覆う樹々の葉の隙間《すきま》から暮れかけた日が差し込み、娘の白い頬を濡らす。美しい涙にアレクセイは胸を打たれた。

娘は涙を拭きもせず、ただ警戒と困惑の入り混じった表情でこちらを見つめている。

憐《あわ》れになり、アレクセイは娘に近づく。片方の膝を突くと、「これを」と言って、懐から出したハンカチを差し出しそうとした。

驚いたのか、娘はとっさに亡骸を守るように抱きかかえ、胸の前で棍棒を身構える。

コンラートが腰に帯びた剣の柄《つか》に手をかけるのが目に入る。アレクセイは不要だと素早くそれを手で制した。

「……なにもしない。頬が汚れているから、このハンカチを渡そうとしただけだ」

両手を上げて、武器を手にしていないことを証明する。

使ってくれ、と言ってハンカチを差し出す。まだ警戒を解かないままだが、娘はおずおずとそれを受け取った。

「名前を聞いてもいいか」と訊《き》くと、躊躇《ためら》いながら、小さな声で「ミハル」と名乗る。

亡骸の娘は「マリカ」というらしい。

どちらも比較的一般的で、ルサーク王国でもよく聞く名だ。

「では、ミハル。完全に日が落ちると、この先にあるルサーク王国との国境は閉じてしまう。君たちの目的地はセムラート方面か、それともルサークのどちらかなのだろう？　失礼だが、どこか街に着くまでに必要な水や食べ物は持っているのか？」

訊ねながら、アレクセイはちらりと傍《かたわ》らに停まっている荷馬車のほうに目をやる。古い一頭立ての荷馬車には大した荷物は詰まれていないようだ。とても手持ちの食料が豊富とは思えない。

問いかけに、ミハルは悲しげな顔でうつむく。

荷馬車に繋《つな》がれたまま、辺りの草を食《は》んでいる馬は、まだ若く、元気がありそうなのがせめてもの救いだ。

そっと窺《うかが》うと、ミハルの綺麗なかたちをした小さな唇は、少しひび割れているようだ。あまり水を飲んでいないのだろうか。

身内を亡くしたショックのせいもあるだろうが――もしかすると、アレクセイたちが気づくよりずいぶん前に、マリカは亡くなっていたのかもしれない。

ミハルが自力で埋葬をするほどの大きな穴を掘るのには何日かかることか。食べ物や飲み物の残りもなく、かといって、身内の亡骸をこのままにして置いていくことなどできるわけもないだろう。

この子をこの場にひとりで置いていけば――亡骸の隣で倒れるか、盗賊に襲われて、なけなしの財産である馬と荷物を奪われるかだ。

しばし考えていると、コンラートが「アレクセイ様」とそっと声をかけてきた。

「そろそろ日が沈みます。どちらにせよ、動くのでしたら、日があるうちのほうがよろしいかと」

彼の言葉通り、足を止めている間にも、辺りはだんだんと暗くなってきた。

コンラートが言っているのは、『この子を見捨てて国に戻る』か、それとも『全面的に助ける』か、の二択だろう。

（一日帰るのが遅れたところで、困る者はいないしな……）

見つけたときから手助けをする以外の選択肢など存在しなかったのだ。

そう決めると、アレクセイはコンラートに告げた。

「今晩はこの場に野営する」

アレクセイがそうすると思っていたのか、彼はすんなり頷く。

「了解しました。待機している者を呼び寄せて、日があるうちに天幕を張りましょう」

「それから有志を募り、亡骸を埋葬するための穴を掘ってもらいたい。すまないが、夕食はそのあとだ」

アレクセイに渡されたハンカチを摑《つか》んだまま頬を拭かずにいたミハルが、びくっとして顔を上げた。

「明日の朝には簡易だが葬儀を執《と》り行う。墓掘りに快く協力する者には、ひとりにつき大銀貨三枚を出すと伝えろ」

「わかりました。ユーリー、隊の全員をこちらへ呼んでくれ」

コンラートに指示され、ユーリーがすぐさま待機している者たちに命令を伝えに行く。

それを目で追っていると、「あ、あの……」と掠《かす》れた声が聞こえて、アレクセイは振り返った。

抱いていたマリカの亡骸をそっと寝かせ、よろめきながら立ち上がったミハルは、思ったより身長があった。とはいえ、長身のアレクセイよりも頭ひとつぶん以上は小さい。

マントから出たか細い手にはまだ棍棒を持ち、もう片方の手にアレクセイが渡したハンカチを握り締めている。

声をかけたはいいが、混乱しているのか、彼女から次の言葉は出てこない。

しかも、今更気づいたかのように、アレクセイの頭の上に生えているものを大きな目で凝視している。

アレクセイは、狼《おおかみ》と人間のハーフである狼獣人の一族の末裔《まつえい》だ。

ルサーク王国の王族は代々狼の獣人で、中でも王の子供たちは、獣の耳と尻尾を持って生まれてくる。

血が濃い者は狼の姿に変身することもできるため、国では狼は神獣として崇《あが》められる存在だ。

その事実は、王国の者はもちろんのこと、周辺国でも知らない者はいないはずなのだが――。

(この子たちは、相当遠方から来たんだろうか……)

自分の獣耳に驚いている様子の娘を見て、アレクセイは内心で不思議に思う。

「……もうじき、日が暮れる」

そう言うと、ミハルは、アレクセイと目を合わせた。

「身内を失っただけでも、その悲しみは余りある。それなのに、君がたったひとりで埋葬を行うのは、相当に困難なことだ。おせっかいかもしれないが、我々でよければ、力を貸したい」

アレクセイの申し出を聞いても、ミハルはなにも言わなかった。視線もどこか落ち着かない。怪訝《けげん》に思って見ると、握り締めた手も足も、小刻みに震えている。

亡骸の処置について話すどころではない。

この子はいま、ただ立っているだけでもやっとなのだ――そう気づくと、あまりの痛ましさに胸が締めつけられるような気がした。

状況を考えれば無理もない。野営の準備が整うより前に、どこかに座らせて、なにか温かいものでも飲ませてやらなければ。

「とりあえず、ここに座ったほうがいい。すぐに飲み物を用意させるから――」

手近にある荷馬車の後部に導こうとすると、ふいに、娘の手から棍棒が滑り落ちる。細い躰がふらりと揺らぎ、アレクセイはハッとした。

ぐったりした躰をとっさに抱きかかえると、あまりの軽さに驚く。

これは、今日どころか、ここ数日の間はまともに食べていないのではないか。

急いで用意させた自分の天幕の中に、アレクセイは抱き上げたミハルを連れて入る。

王太子のものとはいえ、天幕は豪華というわけではない。今回の旅の道中は、セムラートの街の宿屋に寝泊まりをしてきた。万が一の備えとして天幕や最低限の食料は積んであったものの、何泊も野営をする予定の旅ではない。そのため、ミハルを寝かせたのは敷物の上に何枚か毛布を重ねただけの簡単な寝床だが、荷馬車の中で薄い毛布に包まって寝るよりはまだましだろう。

「どうやら貧血を起こしているみたいですね。ずいぶんと疲労が深いようなので、眠っても食べてもいないのかもしれません。しばらく寝かせて、目覚めたら消化にいい食事をとらせましょう」

ミハルを一通り診察してからコンラートは言った。彼の手を借り、泥のついたマントを脱がせて上着の襟元《えりもと》を緩めてやる。

棍棒はやっと手放したけれど、先程渡したハンカチは気を失っても摑んだままだ。アレクセイは小さな手を開かせてそっとそれを抜き取り、従卒に持ってこさせた水に浸して顔の汚れを拭う。従卒は慌《あわ》てて「アレクセイ様、私がやります」と申し出たが、断った。なぜだか自分の手で世話をしてやりたかったのだ。

土汚れをとるだけで、閉じた目元を長い睫毛《まつげ》が彩る娘の白い寝顔は、まるでビスクドールのように端麗になった。

このふたりは、いったいどこから来たのだろう。亡くなった娘も美貌の持ち主だったが、ミハルのほうも、よくもここまでふたりで無事に旅ができたものだと思うほどの愛らしい容貌をしている。

（ん……？）

細い躰に毛布をかけてやろうとして、ミハルの着ている服が男物であることに気づき、アレクセイはふと手を止める。もしかしてと思いつつ、あまり気にかけずそっと毛布をかけた。


手分けをして埋葬のための穴を掘り終え、手伝ってくれた者たちに約束通りの褒美を渡す。

それが済んでしばらくすると、従卒が夕食を運んできた。アレクセイは天幕に戻り、死んだように眠っているミハルにそっと声をかける。

「……食事ができたそうだ。食べられそうか？」

目を擦《こす》りながら身を起こしたので、温かい茶の入ったカップを手渡す。疲れ切っている様子なので起こすのは忍びなかったが、ともかくなにか腹に入れさせたほうがいいと思ったのだ。

飲めるようだと確認してから、向かい合わせの位置に腰を下ろす。

アレクセイが食事を始めるのを見て、ミハルも小さな手に器《うつわ》を持ち、おずおずとスプーンで掬《すく》って食べる。

食事をとるうち、食べ物で躰が温まったのか、亡骸と変わらないくらいに白かった頬にだんだんと赤みが差していく。それを見て、アレクセイはホッとした。

乾燥させた肉や野菜を煮込んだスープと、パンに果物というごく簡素な食事だが、空腹は満たされる。時間はかかったものの、ミハルはスープをすべて飲んだ。残したパンと果物を大事そうに布で包んでいるのを見て、念のため、明日の朝食分の食料はあるから心配いらないことを伝えたが、とっておくためだけではなく、満腹でこれ以上は食べられないようだ。

食事を終えたあと、ミハルはまっすぐにアレクセイを見た。

「……あの、ありがとうございました」

飲食をしたことで掠れた喉《のど》が潤ったようで、彼女は初めて、はっきりとした声で礼を言う。娘にしては少々低めなその声を聞いて、先程、この子の服を見たときのことが思い出された。

「いや、食べられて良かった……」

アレクセイはミハルの服をまじまじと見た。

マントを脱がせたとき、ミハルが着ている服は男物のようだと気づいた。だが、旅の道中では危険を避けるために性別を偽ることもよくあるから、おかしいとは思わなかった。

今更ながら、最初に報告しに来たイヴァンが、ミハルを『娘』と説明したことを、そのまま呑み込んだ自分に舌打ちしたい気分になった。

「そうか……君は、男だったのだな」

彼女——いや、『彼』は、不思議そうに首を傾《かし》げる。

「すまない。最初に若い娘がいる、と伝えてきた部下の報告を鵜呑《うの》みにしてしまった。先入観で、てっきり女性なのかと思い込んでいたんだ」

勘違いを謝罪したが、間違われることには慣れっこらしく、気にしていないとミハルは首を横に振る。更に愕然《がくぜん》としたのは、亡くなったマリカも姉ではなく兄で——つまり、ふたりは美しい姉妹ではなく、兄弟だったというわけだ。

「これまで旅をしてきた間も、髪が伸びてくるとよく姉妹に間違われました。ここしばらく、切っている余裕がなかったので……」とミハルは沈んだ様子で言う。

驚きはしたものの、彼が男だというのは、実はアレクセイたちにとってありがたい事実でもあった。

なぜなら、持参した天幕は人数分しかなく、ミハルを泊められる余裕があるのは、やや広めなアレクセイの天幕だけなのだ。しかし、娘を同衾《どうきん》させるわけにはいかず、今夜はコンラートとユーリーあたりを自分の天幕に来させて、どうにかひとつミハルのために天幕を空けるしかないと考えていたところだった。

だが、同性であればそんな心配も不要だ。

休むのは私の天幕でいいか、と訊ねると、ミハルは少し躊躇ってからこくりと頷く。

マリカの亡骸には毛布をかけて、荷馬車の荷台に安置している。

周囲を見渡せる位置に獣除けの火を焚き、交代で不寝番《ふしんばん》を立てているので、もし不審者が近づけばすぐにわかる。

安心して眠っていいと伝え、アレクセイはその夜、ミハルと同じ天幕で休んだ。


（ん……？）

夜半にかすかな気配を感じて目覚める。

薄闇に慣れた目で捜すが、やはり天幕の反対端に作られた寝床は空になっている。

同じ天幕で眠っていたはずのミハルがいないと気づき、アレクセイは外して寝床の脇に置いていた剣を手に、急いで天幕を出た。

天幕群から少し距離のあるところに焚かれた火が辺りを照らしている。なぜか困り顔の不寝番が立ち上がっている。彼が見ているほうへ視線を巡らせると、捜すまでもなく荷馬車の前に細い背中が見つかった。

ホッとして近づき、声をかけようとしてアレクセイは足を止めた。

ミハルは声を殺して泣いているようだった。

「……、マ、……、マ……」

肩を震わせて小さく漏らしたのは、おそらく亡くなったマリカの名だろう。

衝動的に寝床から抜け出してきたのか、ミハルは薄手のシャツとズボンという格好で、しかも裸足だ。不寝番は、天幕から出てきたミハルが兄の眠る荷馬車に近づくのを見て、声をかけるべきか、それともそっとしておいたほうがいいのかと悩んでいたのだろう。

耳聡《みみざと》く気づいたらしいコンラートとユーリーも、いつの間にかそれぞれの天幕から顔を出している。荷馬車の前に立つ小柄な背中を見て、すぐに状況を察したらしい。

アレクセイは彼らに大丈夫だと手で合図をする。それから、いったん自分の天幕に戻り、毛布を取ってから、ふたたび荷馬車に近づいた。

一頻り泣かせてやりたかったが、夜明け前の森は冷え込む。

「……ミハル」

驚かせないよう声をかけ、アレクセイは立ち尽くしている細い躰を毛布で包む。

「天幕に戻ろう。また倒れてしまうぞ」と言って、毛布の上から肩を抱いて促す。

頬を涙で濡らした彼は、まだ小さく嗚咽《おえつ》していて反応がない。やむなく横抱きにしてそっと抱え上げてもミハルは抗《あらが》わず、アレクセイの腕に毛布ごと大人しく抱かれて天幕に戻った。

寝床にしている毛布の上に寝かせても、ミハルは心を荷馬車の前に置き去りにしてきたみたいに呆然としている。心配になり、アレクセイは彼の隣に横たわった。

身内の死の悲しみを抱え切れず、この子の心は限界を迎えかけている。

憐憫《れんびん》の気持ちがアレクセイの胸を締めつける。必要以上に自分はこの少年に肩入れしてしまっているとわかる。通りすがりに出会ったばかりにしては過剰なほどに。

アレクセイは四年前、落馬の事故で弟を亡くしている。

六歳下の弟だったアルセニーは、当時、ちょうどいまのミハルと同じくらいの年だった。

弟は本を読むのが好きな大人しい子で、アレクセイを慕ってくれていた。まさかこんなに早く逝《い》ってしまうなんて想像もしていなかった。まだ若い身内の死は、皆がもっとなにかできなかったかと自分を責めて、城はしばらくの間悲しみに包まれた。

その経験のせいか、まだ子供のミハルがひとりで兄の死を受け止めなければならない悲劇に、深く同情せずにはいられない。

いまこの子には、そばにいて気にかけてやる誰かの存在が必要だ。だが、彼にはそばで守ってくれる者はいない。

ならば、いまだけでも自分が支えてやりたかった。

おせっかいと言われても、せめて涙が乾くまでの間だけは亡き兄の代わりとして――。

「……兄上のことを、愛していたんだな」

囁《ささや》くと、ミハルの目が小さく瞬く。わずかに頷いてくれてホッとした。

悲しみが蘇《よみがえ》ったのか、じわじわとミハルの大きな目から涙が溢《あふ》れてくる。

「う、ぅ……」

たまらなくなって、嗚咽を堪《こら》えようとして震える肩に腕を回して、胸元に抱き寄せた。

「いまはなにも考えずに眠るんだ」

愛称を呼んで毛布ごと腕の中に抱き込んでも、少しも抵抗しない。アレクセイは毛布越しのミハルの躰を抱き締めて、安心させるように背中をそっと撫《な》でた。

時間が経つうち、自然と嗚咽が止まり、いつしか呼吸が落ち着いていく。

ミハルの濡れた目を覗《のぞ》き込み、涙を拭いてやりながらアレクセイは言った。

「別れは悲しいことだが、いつかは皆同じところに召されて、また会える日が必ず来る。それまでの間は、せいいっぱい生きなければな」

うつろだったミハルの目に、かすかな光が灯《とも》った。

「また……いつか……会える……？」

いつか会える――ミハルを慰める言葉は、自分にも繰り返し言い聞かせてきたことだった。

「ああ、もちろんだとも」と力強く頷き、アレクセイは彼の髪を撫でてやる。

恐ろしく細い、絹糸のように艶やかな髪だった。

手も首も細くて頼りない。これだけ愛らしければ、男でも構わないという輩《やから》はいくらでもいるだろう。他の身内はいるのか、どこかに誰か、頼れる知り合いはいるのだろうか。もし彼がルサークに来るならば、なにもかもから守ってやれるのに。

なんとかして、いまにも折れてしまいそうなこの子の力になってやりたいと、アレクセイは強く思った。

「兄上は、君が幸せになることをなによりも望んでいたはずだ。いつか会える日に、兄上に胸を張れるように……いまはただ、躰を休めて眠ることだ」

添い寝をしながら囁く。髪や肩をゆったりと撫でているうち、疲れ切ったミハルの瞼《まぶた》が重くなり、自然と閉じていく。

その呼吸が穏やかなものになり、完全に眠りに落ちるまで、アレクセイは小さな背中を撫で続けていた。


翌朝、簡易的な葬儀を行い、部下たちが掘った穴にマリカの亡骸を埋葬した。

大工の息子のイヴァンが拾ってきた木を削り、マリカの名を刻んだ墓標を立てる。彼の魂が天国に行けるようにと全員で祈りを捧げた。

せめてもと手分けをして、草原に咲いていた花を摘んできて墓に供える。器用なユーリーが小さな花輪を作って墓標に掛けた。

簡単な朝食を済ませると、隊の者たちが天幕を畳み、出発の準備を始める。

アレクセイも今後のことを考えながら荷物を纏《まと》めていると「あの……」と声をかけられる。

振り返ると、そこには、まだわずかに目元の赤いミハルが立っている。

野営の片づけをする者たちを見ながら、なにか手伝いたい、と殊勝なことを言うので、ありがたいがとやんわりと断った。

「彼らは軍人で、野営の作業にも慣れている。任せておいたほうが早いんだ」と言うと、作業の邪魔にならないようにと、アレクセイはミハルを木立のほうへと連れていった。

「いろいろと助けてくださって、本当にありがとうございました」

彼は小さな頭をぺこりと下げる。

「気にしなくていい。ああ、顔を上げてくれ。困っている者を助けるのは当然のことだ」

頭を上げたミハルは、改めて見ても、昨日に比べるとかなりしっかりとした顔つきになっている。

兄の埋葬が終わると、彼は涙を拭き、朝食も残さずに食べた。きっと、無理にでも気持ちの整理をつけなければならないと、腹を括《くく》ったのだろう。

おそらく、アレクセイたちが見つけたときは、本当にぎりぎりだったのだ。

古い荷馬車の幌《ほろ》の色は、木立と野原の中に溶け込んでいて、気づいたのは偶然だった。

見つけられて良かったとアレクセイは神に感謝した。

「僕、昨日は混乱していて、たくさんご迷惑をおかけして……それなのに、マリカを丁寧に埋葬してもらって、皆さんで葬儀まで……どうお礼をしたらいいか」

アレクセイは、おろおろとした様子でうつむく彼の肩にそっと触れた。

「本当にいいんだ。感謝の気持ちは皆に伝えておく。もし気にするのなら、これから君が前向きに生きていくことが、なによりもの我々への礼になる」

アレクセイがそう言うと、ミハルはかすかに目を潤ませて、しっかりと頷いた。

野の花で飾られた墓を見ながら訊ねる。

「ところで、君たちはどこから来たんだ？」

「……ニーヴルトです」

一拍置いて返ってきた答えに、「ニーヴルト？　ずいぶんと遠くから来たものだな」とアレクセイは目を瞠った。

ニーヴルトは隣国セムラートを越えた遥《はる》か向こうにある大陸の外れの小国だ。馬車で一か月ほどはかかるだろう。いや、馬一頭が引く古い荷馬車ではもっとかかったかもしれない。

ミハルの話では、彼の父はパン職人で、家族を連れて国々を回りながらパンの店を開いてきた。この数年の間はニーヴルトに落ち着いていたが、昨年その父が亡くなったそうだ。

父からは『自分亡きあとは、祖父母の祖国であるルサークに帰るように』と言われていた。そのため、葬儀を終えた兄弟は家と店を引き払い、ルサークを目指すことを決めたのだという。

「父が亡くなったあと、ショックだったのか、兄も体調を崩しがちになりました。一度元気になったときに、兄がどうしても父の遺言を守りたいと言って譲らなかったので、ルサーク王国に向けて出発することになったんです」

「そうだったのか……」とアレクセイは頷く。

兄弟はどうやらルサーク人の血を引いているようだ。

だが、祖国を目指したマリカの命は、ルサーク王国を目前として尽きてしまった。

遙か遠くの国から長い旅をしてきて、もうあと一日もない距離まで来ていたのに。可哀想に、とアレクセイは胸を痛める。

「他に家族は？　ルサークにはいま誰か親戚が住んでいるのか？」

アレクセイが訊ねると、ミハルは困った顔で首を傾げる。

「家族は、マリカと父の二人だけです……父は、ずいぶん前に国を出たようなので、祖父母の家は、もうないと思います。親戚とも連絡は途絶えていたみたいですし……兄が強く望んだので来ましたが、たぶん、もう血縁者は、皆亡くなっているのではないかと」

予想外の話にアレクセイは驚いた。

「では、せっかく店と生活基盤のあったニーヴルトを出て、わざわざ親戚もいない可能性の高いルサークを目指したのか？　そんな遺言を残して、父上は君らにどうやって生計を立てろというつもりだったんだ？」

兄の具合が悪かったのなら尚更、すべてを処分して無謀な旅に出るよりも、ニーヴルトでそのまま暮らすべきではなかったのか。

そう言うと、ミハルは悲しげに顔を顰《しか》めた。

「父の遺言を受けて、ルサークに行きたいという兄の希望は、とても強いものでした。だから、そのままニーヴルトで暮らし続けるという選択肢は、そもそもなかったんです」

「そうか……」

もしかすると、マリカは自分が長生きできるかを不安に思い、誰か親戚が残っている可能性にかけて、弟をルサークに連れていきたかったのかもしれない。そしてミハルは、最後に残った家族である兄の望みを叶えてやりたかったのだろう。

そう気づくと、互いを思い遣る兄弟の行動が憐れで、問い詰めた自分をアレクセイは反省した。

「ルサークに着いたら、まずは学校に行くのか？」

アレクセイが訊ねると、ミハルは首を横に振った。

「いえ、僕は父と同じパン職人なんです。美味《おい》しいパンを焼くことだけは自信があります。だから、今後は、どこか空いた店を借りるか、雇い先を見つけるかして……」

「――パン職人？　まだ小さいのに、働くつもりか？」

驚いて思わず突っ込んだアレクセイに、ミハルはむうっと頬を膨《ふく》らませた。

「ぼ、僕は、子供ではありません!!　もう二十歳で、大人です！」

大きな声を出したミハルに、周囲で片づけをしていた部下たちが驚いた顔で手を止める。

それから、「二十歳だって!?」と、どっと笑いが零《こぼ》れた。

無理もない。ミハルはパッと見では十四、五歳程度、どんなに年上に見ようとしても十六歳くらいにしか思えないからだ。

言いぶんを信じてもらえず、ミハルは唇を噛んで顔を真っ赤にしている。

「皆、笑うな」とアレクセイは部下たちに命じる。

ぴたりと笑い声が止まったが、うつむいたミハルは身を強張らせたままだ。

身を屈めて目線を合わせると、アレクセイは誠意を込めて謝った。

「隊の者が笑ったりしてすまなかった。だが、彼らは決して君を馬鹿にしているわけではないんだ。君は、我々の目にはどう見てももっと若く見える。だから、虚勢を張って大人の振りをしているように思え、それが微笑《ほほえ》ましく感じられたのだろう」

許してくれ、と言うと、ぎこちなく頷いてはくれたが、ミハルの表情は硬い。

頬を染めたまま怒っている顔も可愛らしく、真摯《しんし》に謝っている最中なのに、アレクセイまでつい笑みが零れそうになる。

怒りという感情でも構わない。昨日は絶望の表情しか見せなかったミハルが、こうして声を荒らげたり、表情を変化させたりしている。

彼が生きる気力を取り戻してくれたことが、不思議なくらいに嬉しかった。

ミハルは臍《へそ》を曲げたままではおらず、しばらくすると顔を上げた。

「……子供に見られることは、慣れていますから、気にしていません。ちゃんと自分で、働かせてくれるパン屋か、パン屋を開けるような店を見つけます。どなたにもご迷惑をおかけするつもりはありませんから……！」

必死に言う彼を見て、アレクセイは悩んだ。

これまでは、おそらく父の元で一緒に働いてきたのだろう。だが、いまのミハルには身寄りもなく、初めて訪れた祖父母の国には親戚もいないのだ。もし本当に彼が成人しているのだとしても、見た目は子供に見えてしまうこの子が、家とまともな職を見つけることはかなり難しいと、誰にでもわかる――そう、確固たる身元の紹介者でもいない限りは。

考えているうち、コンラートがそばに来て、もうすぐ出発の準備が整うことを伝えてきた。

ちらりとミハルに目を向けるところを見ると、彼もこの子の今後が気がかりなようだ。

ふと思い立ち、アレクセイは訊ねた。

「コンラート。ミハルの目的地は我がルサークで、パン職人として働きたいという希望があるらしい。とりあえず、パンの店を開いて、当座の暮らしが整うまでの間、お前の屋敷に置いて面倒を見てやってはくれないか？」

ミハルは目を丸くしたが、コンラートは驚きもせず、「パン屋ですか、いいですね」と言い、その頼みに快く頷いた。

「そのくらい構いませんよ。もし、城に連れて帰りたいと言われたらどうしようかと思っていたので、むしろホッとしました」

最初はそうしたいと思っていたアレクセイは、ばつの悪い顔になる。だが、アレクセイの住居である城は、ミハルを保護するにはあまり適していない。辛い思いをしたこの子には、せめて穏やかな暮らしを与えてやりたかった。

「むしろうちの父は、アレクセイ様からのご依頼だと知ったら喜んでミハルを受け入れ、賓客としてもてなせと言うでしょう」

コンラートの父は、国でも有数の身分の高い貴族だ。その父から受け継いだ街の中心部に立つコンラートの屋敷は相当に立派なもので、使用人も多い。あそこにいれば、ルサークに慣れるまでの間、ミハルは安全に過ごせるだろう。

アレクセイはホッとして「今度礼をする。父君にもくれぐれもよろしくと伝えておいてくれ」と言った。

ミハルは「あ、あの、でも」と言いながら、アレクセイとコンラートを交互に見ておろおろしている。

そこへユーリーがやってきて「撤収の準備、終了しました」と報告する。

コンラートは、ふと思い出したように口元に手を当てた。

「ユーリー。お前の父は司祭様で、かつキリルの町長でもあったな？」

そうですが、と彼が答えると、コンラートは狼狽えるミハルを見て言った。キリルはルサークの首都ルシュカにある町のはずだ。

「ミハルはルサークでパン屋をやりたいそうだ。司祭様なら、信徒たちの中から店に適した建物を貸し出している者や、近々閉店を考えている店など、様々な情報をお持ちだろう」

「へえ、パン屋を！　それは楽しみだ、開店したら皆に宣伝しなきゃ」

ミハルを見て笑みを浮かべたユーリーは、快く請け負ってくれた。

「使えそうな店も、戻り次第、すぐに情報を集めてもらうように父に頼んでおきます。あれ……でもコンラート様のお父上はルサークでも有数の大地主では？」

コンラートは苦虫《にがむし》を嚙み潰《つぶ》したような顔になった。

「確かに我が父は地主だが、かなりの業突《ごうつ》く張《ば》りだからな……父を介すると、多額の仲介料を上乗せされてしまう。こんないたいけな子が店を開いてなんとか頑張ろうというんだ。ならば、仲介者は信用の面からも司祭様がいちばんだろう。当然、無料で口を利《き》いてくださるはずだからな」

「あ、あの、ちょっとお待ちください、そんな……」

おずおずと口を挟もうとしたミハルに、コンラートはにっこりと笑顔を向け「心配はいらない。店を開く費用はアレクセイ様がお持ちになるから」と言い切る。

えっというようにミハルとユーリーがこちらを見る。

本当は、自分がミハルを後見しようと思っていることは、公にするつもりはなかったのに。コンラートを軽く睨みながら、アレクセイは渋々と頷いた。

「その通りだ。店はなるべく治安のいい、商売のやりやすい通りで探してやってほしい。費用には糸目をつけない。城に来てくれれば即金で払うから、司祭様によろしく頼んでおいてくれ」

ユーリーはかしこまって敬礼し、皆のところへ戻っていく。

困ったみたいに狼狽えているミハルに、アレクセイは告げた。

「我々はそろそろ出る。君も出発の準備をしてくれ。ああ、荷馬車はすぐに動かせそうか？」

そう言いながら確認のため荷馬車のほうに行こうとする。

「お、お待ちください！　あなたにお金を出してもらうわけには……！」とミハルが声を上げた。

その瞬間、アレクセイの躰になにか奇妙な痺《しび》れが走った。

おそらく、とっさに引き留めようとしたのだろう。

振り返ると、アレクセイの臀部《でんぶ》から生えたふっさりとした漆黒の狼の尻尾の先を、小さな両手でミハルがむぎゅっと摑んでいるではないか。

「ご、ご、ごめんなさい……！」

目を丸くしたアレクセイに気づき、ハッとしてミハルは慌てて尻尾を放す。

動揺しているのがおかしくて、ふるんと尻尾でからかうみたいに彼の細腕を撫でてから、アレクセイは彼のほうに向き直る。身を屈めて目線を近づけた。

「……私の尻尾を摑むなど、敵国の将軍でもそうそうはできないことだ。ミハルはなかなか度胸があるな？」

冗談ぽく言いながら頭をくしゃくしゃと撫でると、蒼白だった顔色が、今度はうっすらと染まる。

またつい子供扱いしてしまったかと一瞬手を引きかけたが、ミハルが嫌がる様子を見せなかったので、アレクセイはしばし柔らかな髪を撫でていた。

昨夜も撫でた、素晴らしく手触りのいい髪。

深夜にアレクセイは、荷馬車の前で泣いていたミハルを天幕に連れ戻して寝かしつけた。

そうして早朝に目覚めたとき、なにがどうなったのか、ミハルを抱《だ》き枕《まくら》のように抱え込んで眠っていた。

小柄な躰は、アレクセイの腕の中にすっぽりと嵌《は》まり込んでいた。

疲れ切っていたのだろう、ミハルはアレクセイのシャツ越しの胸元に顔を押しつけるようにして静かに熟睡していた。

弱っていながらもどこか警戒していた小動物が、気づけば手の中に潜り込み、甘えるようにして眠っていたときのような、不思議な感動を覚えた。

——夜が明けるまでの間のあの心地いい時間を思い出しながら、アレクセイは名残惜《なごりお》しくミハルの髪から手を離す。そして、まっすぐに目を覗き込んで言った。

「もし、君がルサークで暮らしていく手伝いを私たちがするのに遠慮する気持ちがあるのなら、逆の立場になったつもりで考えてほしい」

ミハルは目を瞬かせた。

「自分たちよりも年下の、年齢より若く見える者が、たった一人の家族を亡くし……祖父母の祖国とはいえ、初めて訪れる国で、誰にも頼らずに暮らしていこうと必死になっているんだ。安心して眠れる家が見つかるまでの間、住まいを提供したいと思うのは普通だし、パン屋を開きたいのなら、その手配を手伝ってやりたいと思うのは当然のことだ。なぜなら我々は皆ルサーク生まれで、それぞれが他者よりも多くの人脈や財力を持ち合わせている。逆の立場だったなら、君は通りすがりの少年に手を差し伸べるか？　それとも、無関係な者だと、この場で見捨てるのか？」

困惑していた様子のミハルは、それ以上反論する言葉を失ったようだ。

アレクセイは口の端を上げた。

「決まりだな――では出発だ。皆、いざ、我がルサーク王国へ帰還するぞ！　ミハルも同行する！」

声を上げると、準備の整った部下たちも声を上げ、次々に愛馬に騎乗する。

アレクセイたちとともに行くことを決めたらしいミハルは、兄の墓に最後の別れを告げてから、荷馬車に乗り込む。

馬を走らせる寸前、最後にマリカの墓に目を向けたアレクセイの目に、木造りの墓標に小鳥が二羽止まっているのが見えた。

朝の清浄な光の中、そのうちの一羽が、空に向かって羽ばたいていく。

それはまるで、弟を地に残し、兄が天国に導かれていく瞬間のような光景に思えた。

（ミハルも、飛び立っていった鳥を見ただろうか……）

アレクセイは隊列の後部にいるミハルのことを思った。

一行は街道に出る。最後尾にコンラートがつき、遅れないよう、彼の前にミハルの乗る荷馬車を入れさせている。

昨日の今日の出発で心配だったが、ミハルは危なげなく荷馬車を操っているようでホッとした。

一行は、一台増えた古びた荷馬車を気にかけながら、ルサーク王国に向けて出発した。

＊

ルサーク王国の首都ルシュカの端に位置する小さな町、キリル。

様々な店が立ち並ぶ石畳の通りの角に、赤い扉の小さなパン屋がある。

「マリカとミハルのパン屋」という看板のかかった、客が五人も入ればいっぱいの小ぢんまりとした店だ。毎朝早朝から、店の煙突には煙が立ち上り始め、奥の厨房からはパンを焼く香ばしい香りが辺り一帯に漂ってくる。

開店したばかりの頃は、客も少なかった。だが、ミハルは少しもくじけずに毎日パンを焼き続け、売れ残った日は店を開くとき世話になった、ユーリーの父が司祭をする教会に寄付をした。

そのうち、じょじょに口コミで「あの店のパンは美味しい」という噂《うわさ》が広まり、いつしか開店時間前から町の人々がぽつぽつと並び始めるようになった。

そして今日も、店を開けるなり、町の人たちが「おはよう、ミハル。今日もいい朝ね」と声をかけながら、次々と訪れる。そして皆、焼きたてのパンをふたつ、みっつと買い求めていく。朝からせいいっぱいの量を焼いたミハルのパンは、あっという間に各家の食卓へと運ばれていく。

粉から焼き上がりまでの行程すべてをミハルひとりの手でこなすこの店の売り物は、いつも、貴族など、富裕層の主人のために使用人が買っていく白パンと、庶民の食卓に上るライ麦パンの二種類だけだ。朝一番と午前中にもう一度、焼き上がりの時間があるものの、毎日午後になると、夕方を待たずにすべてのパンが売り切れてしまう。

開店してまだ三か月ほどだが、気づけばこの店は、町で一番の人気のパン屋だと言われるようになっていた。

「あら、もしかして、今日はもう売り切れ？」

最後のふたつを纏めて買い求めたのは、隣の金物屋の妻レナータだ。毎日買いに来てくれる彼女は、からっぽの棚を見て目を丸くしている。

「ええ、なんだか今日は特にたくさん買ってもらえたみたいで」

代金の銀貨数枚を受け取りながら、ミハルは微笑む。

「そうなの。じゃあ、明日からはもっと早く来なくちゃね。朝食にミハルの店のパンがないと、子供たちは泣くし、ヤンは不機嫌になって困るわ」

三人のまだ幼い子供たちと、大柄で大食漢な夫の名を出して笑いながら、レナータは手を振って帰っていく。

ミハルも手を振り返し、礼を言って彼女を見送った。

『本日分完売のため閉店、また明日のご来店をお待ちしてます』と書いた札を入り口扉にかけ、店内のカーテンを閉める。

ひとりですべてを切り盛りする店は、閉店しても仕事は終わりにはならない。明日も早朝からパンを焼くため、残しておいた生地に粉とぬるま湯をつぎ足して増やし、種を作っておかねばならない。その他にもやることはたくさんある。

続きの仕事をする前にと、ミハルは遅めの昼休憩をとることにした。早朝に食べたきりで、開店したあとは店番をしつつ、焼き上がるパンを出す作業でてんてこまいだった。空腹も忘れていたけれど、ずっと立ちっぱなしだったのでそろそろ一息つかないと倒れてしまいそうだ。

店ではいつも、白いシャツに地味な色のズボンを穿《は》き、刺繍《ししゅう》の入ったちょっと可愛らしいエプロンを着けている。エプロンは汚れたら洗い、パンの屑《くず》をはたくときも大事に扱う。マリカが縫ってくれた大切な形見だからだ。

少しだけカーテンを開け、窓の外を気にしながら、温かいお茶にミルクをたっぷり入れて飲む。かたちが歪《いびつ》になって避けておいた自分用のパンを切り分け、朝食の残りの干し肉とチーズを挟んで食べようとしたときだ。

窓の外を通る紙袋を抱えた人影に気づき、ミハルは慌ててパンを置いて立ち上がった。すぐにコンコン、と入り口の扉がノックされる。「はい！　ただいま‼」と声を上げて急いで扉のところまで走った。

「こんにちは、ミハル」

開けた扉から入ってきた長身の人物は、息せき切って扉を開けたミハルを見て、クスリと笑った。

「昼食の途中だったんだな。ついているぞ」と言って、彼が指先でミハルの口元のパン屑をとってくれる。アレクセイが来てくれたのが嬉しくて、口元の汚れに気づかなかったことが恥ずかしい。

「こ、こんにちは、アレクセイ様」

礼を言って、慌てて口元をごしごしと拭いてからミハルは挨拶をする。挨拶を返したアレクセイが、空っぽの棚を確認して笑顔になった。

「すごいな、また早々と完売したのか。町の者はすっかりミハルのパンの虜《とりこ》だ」

彼が手放しで褒めてくれるのは、素直に誇らしかった。

「近所の人たちが毎日買いに来てくれています。少し作る数を増やせたらいいんですけど、いまはこれがせいいっぱいで……」

「ひとりでやっているんだ、無理はしないほうがいい」

それとも、大変なら誰か手伝いを探そうか？と訊かれて、慌ててぶるぶると首を横に振る。

「あの……店のパンが売り切れても、アレクセイ様のぶんは、いつだってちゃんととってありますから」

おずおずとミハルは言う。

彼は目を細め、「それはありがたい」と嬉しげにかたちのいい口の端を上げた。

立て襟《えり》の軍服はアレクセイの端正な顔立ちによく似合う。町に来るときは軍服の階級章を外し、身分を隠す気遣いはしているものの、帽子の下から現れた立派な狼耳を見れば、彼がこの国の王家の人間であることは誰の目にもわかる。

彼に会うまで実際に見たことはなかったけれど、特別な姿を持つというルサークの王族の話はよく知っていた。

だから、初めてその耳を見たときは驚いたが――更に驚いたのは、狼獣人の血を引くアレクセイが、この国の王太子だったことだ。

　セムラートの街道沿いの森で出会ったあと、ルサークに着いて数か月の間、ミハルはアレクセイの顔を見ることすらできなかった。だが、店を開いてしばらくしてから、こうしてたびたび彼はミハルに会いにきてくれるようになっている。出会ったときからずいぶんと世話になっていて、ある意味では、もはやミハルの後見人のような存在だ。

「これは今日の差し入れだ。食材の足しにしてくれ」

　と言って、彼は持ってきた紙袋を差し出す。

「いつもすみません……わあ、こんなにたくさん……！」

　恐縮しつつも受け取り、中を覗き込んで思わず目を輝かせる。ミハルは感謝の気持ちでいっぱいになった。

　彼はいつもこうして、紙袋に入った葡萄酒や干し肉、新鮮な卵や美味しそうな果物をあれこれと持ってきてくれる。最初は遠慮して断ろうとしたのだが、そうするとパン代を置いていかれそうになって困り果てた。パンは彼へのお礼なので、代金をもらっては本末転倒になる。話し合いの末、結局、パンを受け取ってもらう代わりに、差し入れを受け取ることになったのだ。

　ひとりきりで店を切り盛りしていて、自由に買い物に行く暇もないことが多いミハルにとって、正直、食材の差し入れは大変助かるものだ。

　彼はいつも『人気店のパンを取り置きしてもらえる役得に比べたら、このくらい安いものだ』と言うけれど、どう考えたって自分のほうが得をしていると思う。

「どうぞ座っていてください。いま、アレクセイ様のぶんをお持ちしますから」

彼を店の奥にある部屋へと促し、ミハルは慌てて厨房《ちゆうぼう》に駆け込む。

店の奥は左側がパンを焼く窯《かま》と暖炉のある厨房で、右側はカーテンをかけた小さな窓の下にテーブルと椅子を二つ置き、食堂として使っている。

厨房の暖炉でお茶を淹《い》れるための湯を沸かし直し、自分の昼食と同じメニューを作る。

とはいえ、自分の皿とは違って残り物ではなく、焼き具合が綺麗なとっておきのライ麦パンを丁寧に切って軽く焼き、干し肉のいちばんいいところと、それに貰い物の美味しいチーズも挟む。

貴族は柔らかな白パンを好むと聞いたので、あるとき彼に白パンを出したところ、実は彼は素朴なライ麦パンのほうが好きなのだと知った。『たまには甘くて柔らかい白パンもいいけれど、毎日食べるなら味わい深く香ばしいライ麦パンがいい』と言われ、ミハルも同じなのでなんだか嬉しくなった。

アレクセイが来ると、ミハルはいつも疲労回復に効くハーブのお茶を淹れる。

湯気を立てるお茶のカップとともに盆に載せ、急いでテーブルで待つ彼のところへ持っていく。いつも代わり映えしないものしか出せないのに、待っていたアレクセイは「すまないな。ああ、いい匂いだ」と言って、今日も嬉しげな顔を見せた。

ミハルも腰を下ろし、窓際に置いた小さなテーブルを挟んで彼と向かい合う。パンにかぶりついたアレクセイは、味わうように咀嚼《そしやく》してから「今日のパンも美味《うま》いな。ミハルの作るパンはなにを挟んでも合うし、いつも最高だ」と褒め称え、二口目を齧《かじ》る。

ホッとして、ミハルも自分のぶんを食べ始めた。

一緒に食事を取りながら、アレクセイが「なにか変わったことはなかったか」と訊ねる。ミハルは、近所で鴨《かも》の雛《ひな》が七羽生まれてフワフワの産毛がたまらなく可愛いことや、隣の家の子供たちがこの店のパンを気に入って、少し懐いてくれたことなどを話した。

拙《つたな》くて話題も少ないミハルの話を、彼はいつも興味深げに聞いてくれる。

雑談をしながらアレクセイと過ごすささやかな時間は、ミハルにとって至福のときだった。

しかし、楽しい時間はあっという間に過ぎる。

ミハルが用意した昼食を綺麗に食べ終えると、アレクセイは「ご馳走様。そろそろ戻るよ」と言って立ち上がった。

「も、もう帰ってしまわれるのですか？」

驚いて思わずミハルは訊ねた。

「ああ、直轄地から役人が来ることになっているんだ。用の合間に少しだけ抜けてきたので、慌ただしくてすまないな」

王太子の彼は忙しいとわかっている。だが、お茶を淹れ直す暇もないことに、無意識についしょんぼりしてしまう。

椅子の角にかけていた帽子を手に取るアレクセイは、ふと動きを止め、ミハルの髪に手を伸ばした。

優しく頭を撫でられて、余計に寂しさが募る。

「そんな寂しそうな顔をするな。またすぐに来るから」と困ったように笑われて、彼を困らせてはならないとミハルは顔を上げる。

笑顔で見送ろうとしたけれど、彼と目が合うと、急に不安になった。

「あの……アレクセイ様」

「うん？」

手を握り込んで、必死の思いで口を開く。

「店に来てくださるのは本当に嬉しいのですが、その、無理はなさらないでくださいね」

「……それは、私はもう来なくてもいいということか？」

目を丸くした彼に訊ねられ「そ、そうではありません！」と慌てて首を横に振る。

アレクセイは毎日必ず来てくれるわけではない。仕事の都合で、何日かに一度は差し入れを持った使いの者だけを寄越すこともある。

来てくれた日も、パンがまだ売れ残っているときは、差し入れを渡し、パンを受け取るだけですぐに帰ってしまうのだ。

だから、彼が一緒に食事をとってくれた今日のような日は、ミハルにとってとても貴重な日だ。

むしろ、我儘《わがまま》を言えるのなら、毎日来てほしいし、もっと長くここにいてほしい。

でも、ミハルは彼にそうねだることはどうしてもできなかった。

「お仕事が、とてもお忙しいことはよくわかっていますから……だから、たまに店を覗きに来てくれるだけでもじゅうぶんです。その代わり……」

言葉を切り、思い切って頼む。

「どうか、お躰を大切にしてほしいのです。もし、アレクセイ様になにかあったらと思うと、僕……」

伝えた途端、自分の言ったことに気づき、急に動揺した。

――出すぎたことを言ってしまった。

家族でも恋人でもないミハルからこんなことを言われたって、彼も困るはずだ。

だが、アレクセイには、王太子としての仕事と王国軍の将軍代理というふたつの責務がある。多忙な彼の躰が心配で、伝えずにはいられなかった。

人は、突然倒れることがある。父もマリカも、亡くなる前の日まで量は減っていたものの食事をとり、会話も普通にできていた——次の日に死んでしまうなんて、とても思えなかったのだから。

余計なことを言った自分を、彼はどう思っただろう。呆れられてしまっただろうか。

おずおずと彼のほうを見ると、アレクセイはなぜか驚いたような顔でミハルを見つめていた。

彼がなにを考えているのかわからず戸惑っていると、アレクセイはフッとまたいつもの穏やかな笑みを浮かべた。

「……私のことをそんなに心配してくれる者は、ミハルだけだな」

（えっ……？）

くしゃくしゃともう一度ミハルの髪を撫で、「ありがとう、心して気をつけるよ」と言って彼は帽子を被る。

まだ明日の仕込みがあると知っているアレクセイに、店の外まで見送るのは止められてしまう。

「また来るから——ああ、無理のない範囲で」と言い置き、彼は愛馬に乗り帰っていった。

——半年前。マリカとの旅の途中で、ミハルは絶望の淵《ふち》にいた。

少し前からマリカが時々体調を崩すことはあった。それでも、ルサーク王国を目指して出発した頃は、まだ旅に耐えうる体力も残っていたはずだった。

だが——それは、我慢強いマリカが、ミハルの前では辛さを見せずにいただけだったのだ。

マリカはもうすぐ目的地だという道の途中で、突然ぐったりした。急いで荷馬車を停めたときには、もう意識がなかった。ルサークを目指したほうが早いか、セムラートに戻るべきかと迷っている間に、彼の呼吸はどんどん細くなっていき、気づけばもう息をしていなかった。

医師に診せるどころか、最期の言葉を訊ねる間もなくて、ミハルはただ呆然と泣きながら、たったひとりで最後の家族の死を見送るしかなかった。

死んでしまうほど辛かったとは少しも気づかず、無理な旅を続けてしまった。

マリカが頑《かたく》なに隠していたとしても、ミハルには深い後悔が残った。

——だから、もしあのとき、アレクセイたちが自分を見つけてくれなかったら。

自分には、マリカの亡骸をあの場所に置き去りにしていくことはきっとできなかった。そもそも、埋葬や葬儀どころか、ひとりではもう立ち上がる気力すらなかったのだ。おそらく、目指したルサークの地を踏むことはなかっただろう。

ミハルを見つけたアレクセイたちは、マリカの亡骸に敬意を払い、埋葬まで手伝ってくれた。

それだけでもじゅうぶんすぎるほど親切だったというのに——アレクセイは、その場にミハルを置いていこうとはしなかったのだ。


ルサーク王国は大陸の南東に位置する広大な国だ。

首都ルシュカの中心には、緩やかな山の頂上付近に立つ堅牢な王城と、それを見下ろす場所に広がる街がある。実際に国に足を踏み入れてみると、幼い頃から父母に聞いていた話よりもずっと大きくて人が多い。明らかに、ミハルが転々としながら育ってきたどの国よりも栄えている豊かな大国だ。

国に着いたあと、アレクセイは「これからのことはすべてコンラートに頼んであるから、心配はいらない」と言い、側近であるコンラートにミハルを預けた。コンラートは恐縮するミハルのために立派な館の一室を用意して、もったいなくも専用の使用人までつけたうえ、ルサークで暮らすためのあらゆる世話を焼いてくれた。

更に、アレクセイの部下のユーリーも、教会の司祭であり、かつキリルの町長でもある民の実力者の父に頼んでくれた。そのおかげで、大勢の信徒たちからパン屋ができそうな空き物件の情報が集まった。

そうして、キリルの町に、昨年店主が高齢でパン屋を閉じたままの店舗があると紹介されたのが、この店だ。

店内には、古いけれど使い勝手の良さそうな立派なパン焼き窯が残されていた。少々ガタがきたり、壊れたりしたところのあった自宅部分は、ミハルが住むまでの間にコンラートが手配してくれたらしく、すっかり修理されて、綺麗に改装までされていた。

すべてがとんとん拍子に進んだが、開店して商売が軌道に乗るまでの間、ミハルは無収入だ。

父の葬儀を終え、ニヴラートの店を引き払ったあと、旅の費用を引いた金がすべて残っているので、当座の生活はなんとかなると思う。しかし、新しい土地でどれだけ客が来てくれるかわからず、贅沢《ぜいたく》はできない。住むための家具はまだなにもないけれど、寒さをしのげる毛布と、パンを焼く道具だけは荷車に積んで持ってきている。しばらくは、最低限の食料だけ買えればいいと考えていた。

だが、店の改装が終わり、コンラートに礼を言って館から引っ越した当日、驚くことが起こった。見知った顔の軍人たちが、様々なものを担いで店にやってきたのだ。

彼らはあの日、マリカの埋葬を手伝ってくれた、アレクセイの部下の軍人たちだ。

『新しいものを買ったから』と言って運ばれてきた、可愛い木造りのダイニングテーブルと椅子のセットや、パンの材料を置いておくのにちょうどいい大きさの棚。『祖父が布問屋をやってるんだ』と言って渡されたのは、仕立てたばかりのふかふかの布団だ。マリカの墓標を作ってくれたイヴァンは、木材を荷馬車で運んできて、その場であっという間にミハルにちょうどいい大きさの寝台を作ってくれた。

軍人たちは、驚くミハルに『ささやかな引っ越し祝いだ』『開店したら必ず買いに来るよ』『無理せず頑張って』『困ったことがあったら言ってくれ』と口々に言って肩を叩《たた》いた。皆が帰る頃には、ありがたいことに、なに不自由なく暮らせるほどミハルの家は調《ととの》っていた。

町の人たちも、不思議なくらい新参者のミハルに協力的だった。

周囲の皆に感謝の気持ちでいっぱいになったが、それもこれも、すべては皆に協力を頼んでくれた、アレクセイのおかげだ。

パンを作るための材料や燃料の木炭も、隣の金物屋のレナータが安くて良心的な店を紹介してくれて、少しずつ開店の準備が整っていった。

唯一困ったのは、ミハルが払うと言っても、誰もが『代金はいいから』と、銀貨一枚すらも受け取ってはくれないことだった。

おそらくこの支払いは、コンラートが言った通りに、すべてアレクセイのところにいっているのではないか。そう思うと、あまりの申し訳なさにどうしていいのかわからなくなった。

親戚でもなく、彼はただ、偶然通りかかっただけの他人なのに。

そのアレクセイにここまで世話をかけて、のうのうとしていられるほど、図々しくはなれない。

意を決して、ミハルは城に住むアレクセイに宛てて手紙を送った。

――近況と、助けてくれたことへの感謝の気持ち、そして、様々な助けへの礼を書き、今後は材料などの支払いは自分でしたい、店の準備に出してくれたぶんも払っていきたい、と綴《つづ》って。

だが、届いていないのか、それとも忙しいのか、開店までの間、アレクセイから返事が来ることはなかった。

彼の部下たちは「なんでも手伝うぞ」と言って、たびたび足を運んでくれる。そのたびに、壁に棚をつけてもらったり、お返しに試作品のパンを持って帰ってもらったりしているが、いちばん会いたいアレクセイだけは来てくれないのだ。

様子を見に来てくれたコンラートにそっと頼んでみても、困った顔で「伝えておきます」と言われるだけで、それからも、アレクセイが店に顔を見せてくれることはなかった。

悲しかったけれど、彼の住まいは王城の一室で、簡単に会いに行けるような場所ではない。

どうしても諦められなくて、一度だけ、荷馬車に乗ってミハルは王城の近くまで行ってみた。

見上げるほど高い塀に囲まれた巨大な城の前は、頑丈な門で塞《ふさ》がれていて、仰々しい防具を身に着けた強面《こわもて》の衛兵が立っていた。

勇気を振り絞って『王太子様にお会いしたいのですが』と伝えると、怪訝そうな顔で、なんの用で、何者なのかを訊ねられた。ミハルは自分と彼との関わりをうまく説明することができず、『王太子様に大変お世話になったので、お礼をお伝えしたくて』とだけ言って、名を名乗った。

ミハルをじろじろと見た衛兵からは、伝えておこう、と冷たく言われるだけで、アレクセイを呼んでくれる気配はまったくない。すごすごと店に帰ることしかできなかった。

アレクセイが自分に与えてくれたのは、言葉では説明できないくらいの救いだった。

最後の家族を失い、希望を失くしていたあの夜。

自分に『生きろ』と言って、抱き締めて眠ってくれた。

その後も様々な支援をしてくれて、他人がくれる善意の範囲では考えられないくらいに世話になっている。

せめて、会って礼を言いたかったけれど、彼はなぜか姿を見せてくれない。もう会えないのは、身分が違うのだから仕方ない。悲しいけれど、支援はするが直接の関わりは持たない、というのが彼の意思なのだろうと悟った。

いまの自分にできるのは、アレクセイから与えられたすべてのものを無駄にせず、ただ、せいいっぱい生きることだけだ。

そう自らに言い聞かせ、ミハルはひたすら店の開店準備に没頭した。

――そうして、やってきた開店当日。

ミハルは夜明け前から準備を始め、売り物のパン以外に、近所の人に配る挨拶用のパンと試食用のパン、それから世話になったコンラートやイヴァンと彼らの父親、アレクセイの部下たち皆のためのパンを焼いた。

そして、せめてもの礼にと、アレクセイに届けてもらうパンの詰め合わせを作った。彼のおかげでなんとか開店できたこと、これまでの感謝を書き綴った手紙も籠《かご》に入れた。

使いの者を頼んで届けてもらおうと考えていると、いよいよ店を開けるという時間の前に、コンラートがやってきた。彼は開店祝いだと言って、豪華な花束と、商売が繁盛するようにというルサークの習わしらしく、新品の金貨を持参した。金貨は店のどこかに隠しておくといいと言われたあと、『どちらもアレクセイ様からの祝いです』と微笑まれて、ミハルは驚いた。

この祝いは、遅くとも昨日には準備されていたものだ。彼が自分を忘れずにいてくれた嬉しさで、一気に心が高揚するのを感じた。

コンラートにアレクセイを含めた皆へのパンを託すと、翌日の午後、待ち兼ねたアレクセイが店に顔を出した。

彼は、ミハルからの手紙はどれも受け取って読んだことや返事が遅れたこと、わざわざ城まで来たのに衛兵が追い返してしまい、会えなかったことを詫《わ》びた。それから、昨日届いたパンの味を絶賛して、また買いに来ると言ってくれた。

ミハルは感激して、毎日彼のためにパンをとっておくことを約束し――それから、アレクセイの日々の訪問が始まったのだった。


帰っていくアレクセイを見送ってから、残りの食事を急いでとりつつ、ミハルはしみじみと思う。

（アレクセイ様には、感謝してもし切れないな……）

深い恩義を感じるごとに、彼に伝えられない秘密がある自分に罪悪感を覚える。

実は、アレクセイたちに伝えたものと、本当の父の遺言は真逆だった。

『自分が死んでも、ぜったいにルサークには戻るな』と父は言い残して息を引き取った。

まだ自分たちは追われている可能性がある。国に戻れば研究対象にされて、酷い目に遭わされるかもしれない――王族のために命を落とした一族の仲間たちのように、と。

アレクセイには言えないけれど、ミハルたちの祖先は、過去にルサークの王家に仕えていた一族だった。とある理由から、王家に引き立てられて大切にされていたが、あるとき、王のために何人もの身内が残酷なかたちで命を奪われ、それを発端として一族は王家と決別し、全員で国を出ようとした。当然王家からは猛反発され、捕らわれた者と国から逃げ出した者がいた。ミハルの父方の祖父母と母方の祖母、そして両親は、幸運にも逃げることができたらしい。

母方の祖父は逃げられず、最初に命を落としたのは、父の弟だったと聞いた。

そんな過去があれば、父が国に恐怖を抱き、戻りたがらないのもよくわかる。

最初はミハルも、父の言う通り、追っ手がいることを前提とする暮らしを送っていた。だが、身を潜め、国々を点々とする暮らしを続けるうち、数年ほど前に気づいたのだ――自分たちを追う者は、もういないのではないかと。

そうマリカとふたりで必死に説得してみたものの、死ぬまで恐怖に取り憑《つ》かれた父から疑いを消すことはできなかった。

父の葬儀を終えてしばらくした頃、マリカが『ルサークに帰ろう』と言い出した。ミハルは驚いたが、マリカは『これだけ時間が経てば、もうぜったいに追っ手はいない。きっと自分たちのことは王家から忘れ去られているはずだから』と言ってミハルを説得した。

祖国に恐怖しかなかった父とは違い、残してきた親類のことを気にするマリカはルサークに心残りがあるようだった。

『もし親類はもう亡くなっていたとしても、その子供が誰か生き延びているかもしれない。一族の者には、会えばすぐにわかるから』とマリカはミハルを説き伏せた。熱心に言うマリカにミハルは折れて、ふたりはルサークに向けて出発することになったのだ。

――目の色、髪の色が異なっていても、同じ血を持つ者は、どこかではっきりと通じ合うものがある。

そう言われたけれど、ルサークに着いて、今日までに会ったたくさんの人の中に、同じ一族だとわかるような者はまだ一人もいない。追っ手がいないことは確信できたが、同時に親類を見つけられそうな感じもまるでなかった。

そもそも、今更一族の者を探したいという強い気持ちはミハルにはない。なぜなら、親類に会いたがっていたマリカは、もう天に召されてしまったからだ。

思い返しながら、ミハルは深いため息を吐く。

いま思えば、マリカは、自分もそう長くはないと気づいていたのかもしれない。だから、なんとか祖国にミハルだけでも帰して、親族に託したかったのだろう。

マリカが死んだあのときは、絶望のあまり、その後のことなどいっさい考えられなかった。できることなら、亡骸のそばでこのまま一緒に眠りたいとすら願っていた。

親族には会えそうもないけれど、アレクセイと出会って助けられたことで、ミハルは深い絶望の淵から救い出された。彼の優しさに励まされ、なんとかこれからもせいいっぱい生きなければと思えたのだ。

恩人であるアレクセイになにか恩返しがしたいけれど、考えてみるまでもなく、自分にできることといったら毎日美味しいパンを焼くだけしかなかった。

ミハルが亡き父と同じ、パン作りを仕事にしたのには理由があった。

実は――父やミハルが作るパンには、なぜだか特別な癒《いや》しの力があるのだ。

心を込めて丁寧に捏ねて焼き上げると、そのパンは、食べた者に生きる力を与えるパンになる。

一度食べたくらいでは特に大きな変化は感じないようだ。だが、二度、三度と食べ続けると、誰もが他のパンとどこか違うということに気づく。

勘のいい者は、『この店のパンを食べると一日調子がいい』『なぜか元気が出る』と言い出して、足《あし》繁《しげ》く通い始める。そのため、どこの国に行って店を開いても、一家が作るパンはいつしか自然と客が押し寄せる人気の店になった。

両親の話では、一族にはもともと癒しの力を持つ者が多くいた。その力が、たまたま父が選んだパン作りの仕事に活かされたようだ。

（いったい、なぜなんだろう……）

力の源が不思議で、ミハルは時々自分の手を眺める。やや小さめだが特に変わったところのない手だ。材料もごく普通だし、作り方にも秘密のコツがあるわけではない。

つまり、どうやら不思議な力の源は、パンを捏ねる手――そのものだ。

他人に言っても当然信じてもらえるわけはない。パン屋に客を呼ぶためのたわごとだろうと笑われるのが普通だ。だから、誰にも伝えたことはないけれど、幼い頃から父の作るパンを食べて育ち、店番をして父のパン店に通う人々の変化を見続けてきたミハルは、身を持ってその不思議な力を信じているのだった。

だから、ミハルは毎日せっせとパンを焼く。

そのパンを、生きる希望をくれたアレクセイに食べてもらいたい——それから、親切にしてくれる町の皆にも。

彼に救われた運命を無駄にせず、たくさんのパンを焼くことで、町の人々の力になりたい。

それが、いまのミハルのただひとつの生き甲斐《いがい》になっていた。

*

日差しが強く、昼間の長い夏が終わりを告げ、夜の訪れが少しずつ早くなっていく。

ミハルのパン屋には、週に一度の定休日がある。

ある日の午後、いつものようにやってきたアレクセイは、美しい男女の絵が描かれたチラシを差し出した。受け取ってから、思わずミハルは首を傾げる。

「劇、ですか？」

「ああ。昨年新設したばかりの劇場で、毎月様々な催し物をしているんだ。今月は歌と劇だそうだ。私はあまり詳しくないんだが、いま大変な人気らしい」

見たことはあるか？　と訊かれてこくこくと頷く。

劇といっても、小国を渡り歩き、ずっと店を手伝って暮らしてきたので、道端で大道芸人が披露してくれる出し物くらいしか見たことがない。けれどそのチラシの絵はとても綺麗で、どんなものなのか気になった。

チラシを眺めるミハルに、なぜかホッとしたような声でアレクセイが続けた。

「コンラートから、ミハルは休まず朝から店で働いて頑張っているから、連れていってやったらどうかと言われたんだ。いい座席を用意させたから、もし良かったら次の休みに一緒に行こう」

そう言ったアレクセイは、休みの日の夕方、本当に店の前まで馬車で迎えに来てくれた。

近所の人たちの目を配慮してくれたのか、王家の紋章入りの馬車ではない。御者はいるが、明らかに王家の馬車だとわかるものはなくてホッとした。

馬車が向かったのは首都の中心部で、中でももっとも繁華な通りに立つ立派な劇場だった。

宮殿みたいに豪華な大理石と金塗りの入り口は、着飾った人々でいっぱいだ。この辺りには初めて来たが、周辺の店も歩く人々も皆、パン屋のある通りとは異なっている。

(ど、どうしよう……、僕、普段着で来ちゃった……)

ミハルは正装を持ち合わせておらず、持っている中ではできるだけ綺麗な服を着てきたものの、ほとんど平服だ。自分が完全に場違いだとわかり、狼狽えてしまう。

連れてきてくれたアレクセイもいつも店を訪れるときの階級章を外した軍服姿だが、彼は堂々としていて、ちっとも服装のことなど気にしていないようだ。

「ミハル、こっちだ」

アレクセイに促されておずおずとついていくと、受付係に呼ばれて、恰幅《かっぷく》のいい中年の男性が慌てて出てきた。

「おお、アレクセイ殿下！　お待ちしておりました」

男性は感嘆して、深々と頭を下げて礼を言っている。

「評判は城にも届いているぞ。大盛況のようだな」

「ええ、ありがたいことに今日も満席で……殿下には、最高のお席を用意してございますよ」

「彼は劇場の支配人だよ」と紹介され、ミハルも慌てて「はじめまして」とぺこりと挨拶をする。

「可愛らしいお連れ様ですね、ようこそ当劇場へ」

優しげな支配人は笑顔で温かく歓迎してくれた。

彼もミハルが正装でないことなど気にしてはいないようだとわかり、ホッとする。それよりも、アレクセイが足を運んでくれたことを心から喜んでいるようだ。

支配人は、今日の演目について説明しながら、客が集まって混雑する入り口を避けて、ふたりを裏の通路へと導く。

そこから人気《ひとけ》のない階段を上り、席までスムーズに案内される。

「わあ……！」

扉が開くと、ミハルは思わず目を輝かせた。

劇場内は眩《まぶ》しいほど荘厳な造りだった。

芸術的な天井画に、黄金色の柱には美しい天使の像が彫り込まれている。用意された舞台の真正面にある二階のバルコニー席は素晴らしく眺めが良くて、幕が開けば舞台の全景が見渡せそうだ。しかも、半個室のここなら、場違いだなどと人の目を気にすることもなく、アレクセイとふたりきりで観劇を堪能できそうだ。

声を上げたミハルに微笑み、支配人が「ごゆっくりお楽しみを」と言って、静かに下がっていく。

(もしかしたら、ここって劇場内でいちばんいい座席なんじゃ……？)

たとえお金を積んで取ろうとしても取れないような、特別な座席。

もっとも、王太子である彼ならば、こんな席を用意されることも当然なのかもしれないけれど——。

一瞬、こんなすごい席に自分が座らせてもらえることに申し訳なさを感じたが、慌ててミハルはその考えを頭から消した。

今夜ここに連れてくる相手に、アレクセイは他の誰でもなく、自分を選んでくれたのだ。

これほど立派な劇場は、これまで旅をしてきたどこの国でも見かけなかった。

きっともう、こんな機会は一生ない。誘うように言ってくれたコンラートの気遣いと、席を用意してくれた支配人、それから、連れてきてくれたアレクセイと今夜の幸運に感謝して、存分に楽しまなければ。

興奮してきょろきょろしながら辺りを見回しているうち、下の座席が続々と埋まっていく。いつしかフッと館内の照明が落とされて辺りが薄暗くなる。

「ほら、そろそろ幕が上がるぞ」

隣の席に座ったアレクセイが端正な顔を寄せて囁く。どきどきしながらミハルは頷いた。

満場の拍手の中、ゆっくりと幕が下りていく。

「——楽しめたか？」

拍手をするアレクセイにそっと訊ねられる。ミハルも夢中で手を叩きながら「ええ、とっても！」

と紅潮した頬を彼のほうに向けた。

生まれて初めての観劇は、想像以上に素晴らしいものだった。

劇の内容は、若い娘が恋をして、恋人に裏切られ、それが勘違いだと知ったときには、すでに彼は亡くなっていて、慟哭《どうこく》の末に自分の生涯の愛を彼に捧げると誓う——という話だった。

華やかな衣装の役者たちが織り成す歌と演技はすごい迫力で、時間を忘れて見入ってしまった。

「特に、主役の女性が素晴らしくて……恋人が亡くなったときのシーンは、胸が引き絞られるみたいに切なくて……なんて言ったらいいかわからないんですが、ともかく、本当に、連れてきてもらえて良かったです。きっと僕、今夜観たものは、一生忘れないと思います」

頬を染めてミハルが必死で感激を伝えると、そうか、とアレクセイは微笑んだ。その優しい笑顔を見て、ミハルの胸の鼓動は、舞台の感動とは別のもので高鳴りを覚えた。

主役の娘の恋人は黒髪に長髪の美男子で、少しだけアレクセイに雰囲気が似ている気がした。だからなのか、演劇の途中、娘が情熱的な恋に落ちていくところや、彼が亡くなるところでは、つい隣にいるアレクセイのことを思い浮かべ、本気で涙したりしていた。

「そんなに良かったなら、あとで控え室に行って、役者に会うこともできるが」と言われて、慌ててミハルは首を横に振った。

熱演のあとできっと皆疲れているだろう。こんなに素晴らしい舞台を見せてもらえただけでじゅうぶんだと辞退すると、アレクセイは不思議そうに「ミハルは欲がないな」と笑う。

やまない拍手の中でのカーテンコールで、役者たちがもう一度、幕が下りた舞台に現れる。

ミハルも他の客たちと同じように拍手をし、感謝を伝えたくて、やや前のめりになって役者たちに手を振ったりした。

するると、隣に座っていたアレクセイが、突然ミハルの腋《わき》に手を差し込んで軽々と抱き上げた。

「あっ、アレクセイ様⁉」

驚いているうちに、ミハルは彼の膝の上に乗せられていた。

「こうしたほうがよく見えるだろう」

彼は平然と言うが、確かに少し目線が高くなるだけで、格段に舞台がよく見えるようになった。だが、仮にも一国の王太子の膝に、よりによって大勢の人がいる劇場内で乗せてもらっていいものなのか。

「ほら、彼女はミハルに手を振っているんじゃないか？」と促される。見ると確かに主演の女優がこちらに向けて合図をしている。ミハルは感激であわあわと両手を振り返す。

くすくすと笑うアレクセイは、ミハルが落ちないように背後からしっかりと支えていてくれる。硬くて大きな彼の躰とぴったり密着していると、とても安心できる。しかし、それと同時に異様なまでのどきどきを感じて、だんだん胸が苦しくなってきた。

大歓声の中、役者たちが幕下に消えていく。ミハルも礼を言って急いで彼の膝の上から下り、ホッと息を吐いた。

劇が終わったあとは、アレクセイが時折軍の者たちと行くという食堂に連れていってくれた。

こちらも事前に席を押さえてあったらしく、奥の個室に案内される。立派な店で外食をすることはほとんどないミハルは緊張したが、比較的庶民的なメニューが多くてホッとした。

アレクセイが選んでくれた料理はどれも美味しくて、食が進む。大皿で来たものは彼が器用に切り分けてくれて「ミハルはもうちょっと食べろ」と食べることに専念させられた。

ルサークは水が綺麗な土地だからか、その店の葡萄酒は、これまで飲んだどの飲み物よりも美味しい。それを正直に伝えると、喜んだ店の主人のサービスで土産用の葡萄酒を一本渡されてしまった。

「楽しい観劇を、本当にありがとうございました。コンラート様にもお礼をお伝えしておいてください」

帰り際、店の前まで送ってくれたアレクセイに礼を言う。なぜか彼は気まずそうな顔になった。どうしたのだろうと首を傾げていると、決意したみたいに彼が口を開く。

「……実は、コンラートにミハルを誘うように言われた、というのは嘘だ」

「え……」

嘘？　なぜ？　わけがわからなくて、ミハルは目を瞬かせた。

「ミハルを気にかけてやれとは言われていたが、今日の劇に誘おうと決めたのは私だ。なんだか、照れ臭くて言えず、つい、コンラートをだしにしてしまった」

すまない、とアレクセイは謝ってくる。誘ってくれたのが本当は彼の意思だったと知って、感激でじわじわと胸の中が温かくなっていく。

「あ、あの……どうか、謝らないでください。僕、すごく、嬉しいです」

せいいっぱいの気持ちを伝えると、アレクセイも「そうか、それは、よかった」と言って、照れたように笑った。

「じゃあ、また来るから」

去り際の彼に、大きな手でそっと頬に触れられる。心臓がずきんと強く疼《うず》く。

窓越しに去っていく馬車が見えなくなるまで見送った。

アレクセイが触れたところがじんじんして、苦しいくらいの胸のときめきで躰が熱い。

たった二杯だったけれど、少し葡萄酒を飲みすぎてしまったのかもしれない。

こんなに幸せでいいのだろうかと思うほどに、幸福な夜だった。


素晴らしい観劇のあと、アレクセイはミハルの店が休みになるたびにやってきて、様々なところへ連れていってくれるようになった。

翌週の休みは軍に納める馬を育てている牧場に行き、生まれたばかりの仔馬を見せてくれた。その次の休みには、二頭の馬を連れてきて遠乗りに誘ってくれたりもした。

『またいい演目が出たら観劇にも行こう』と言われて、それもとても楽しみにしている。

そして、また休みの今日も顔を出してくれたのだが、珍しく、ミハルのほうに予定があった。

「すみません……実は、今日は町外れの水車小屋まで小麦を挽きに行くつもりでいるんです」

せっかく来てくれたのに申し訳なくて、ミハルは項垂《うなだ》れる。

小麦を粉にする作業は大変な重労働だ。だから、いつもは町の中にある粉挽き場で専門の係の者に頼んでいる。

そこへ、朗報が届いた。ユーリーの父の司祭を通じて、昨日、少し離れた川沿いの地主から伝言をもらった。それは、『自分の土地には水車小屋があるので、粉を挽くためなら無料で自由に使って構わない』という、なんともありがたい知らせだった。

馬で一時間足らずの距離だというから、ミハルの荷馬車でのんびり向かい、粉を挽いて戻っても四時間はかからずに戻れるだろう。粉挽を頼むとそれなりの手数料がかかるから、そのぶん節約になる。

正直なところ、アレクセイと一緒に過ごしたい気持ちは山々だけれど、粉挽きにかかる手数料がなくなれば、そのぶん金が貯まる。彼に支払ってもらった開店のための費用をいつかきちんと返したくて、ミハルは一生懸命に貯金をしていた。

それは、自分の楽しみよりも優先すべきことだ。

だが、粉挽きの予定をその日やってきたアレクセイに説明すると、彼は驚いたことに、「それなら、私も一緒に行っていいか」と訊ねてきた。

往復にかかる時間や、その他に粉を挽く間待つ時間もかかることを伝えたけれど、平然として構わないと言う。そして、自分の馬を店の裏手にある小さな馬房に繋ぐと、ミハルの準備ができるのを待ってから、荷馬車の御者席の隣に乗り込んだのだった。

(まさか、粉挽きに、アレクセイ様が一緒に行ってくれるなんて……)

戸惑いながらも、もらった地図を頼りにふたりで訪れると、目的の水車小屋は、キリルの町の中でもかなりのどかな畑の中にある川沿いにぽつんと立っていた。とはいえ、水車も小屋も思ったよりずいぶんと立派なものだ。小屋の入り口に立てられた案内板によると、この水車小屋は善意で地主から提供され、いまは近所の人たちの共用施設となっているらしい。管理費もかかり、本来は使用料を取るのが普通だが、その代わり教会に寄付をという希望が書かれていて、必ずそうしようと心の中で誓った。

中を覗けば、水車も小屋の中も掃除が行き届いていて、ほのかな小麦のいい香りがする。

「まだじゅうぶんに使える水車を、町の皆のために開放しているのか。篤志家がいたものだな」

案内板を読んだアレクセイは感心したらしく、王にも伝えておこうと頷いている。

二台ある立派な粉挽き臼《うす》の下部に粉を受ける入れ物を置くと、アレクセイが「私がやろう」と言って、小麦の詰まった袋を担いで身軽に梯子《はしご》を上る。上部から持参した小麦を入れると、川の流れの動力で水車が動き、挽かれた小麦が自然と粉になって入れ物に落ちてくる仕組みだ。

小麦が粉になるのを待つ間、ミハルは彼と一緒に辺りを散歩することにした。

澄んだ川沿いには、ずっと先のほうまで木が植えられている。「あ、あの、僕、お弁当を持ってきました」と言って、ミハルは鞄の中からふたりぶんの昼食を包んだ布包みを取り出す。

よく日差しを遮りそうな、大きめの木陰に並んで腰を下ろしてから布包みをほどく。昨日焼いたパンにハムとチーズを挟んだものと、昨日金物屋の子供たちのおやつにと作ってみた手摑みで食べられるサイズの木苺《きいちご》のパイの残り、それから、いくつかの果物がまるごと出てくる。

彼が同行してくれると決まり、急いでもうひとりぶんを追加して作ったごく簡単なお弁当だが、アレクセイはそれを喜んで食べてくれた。

子供でも大人でも楽しめるよう、パイには自然の甘味だけで砂糖は入れていない。パイ生地には照りを出すために少しだけ蜂蜜を塗ったけれど、ほとんどが熟した木苺の甘味だ。

「このパイは甘酸っぱくていいな。なんだか、懐かしい味がする。ミハルの作るものは、どれも本当に美味い。売ったらまた大人気になるだろうな」と感嘆しながら頬張ってくれる。

「お口に合ってよかったです」

金物屋の子供たちも大喜びしてくれたから商品にしたい気もするが、いまはパンを焼くだけで手いっぱいだ。

「できることなら城に住まわせて、毎日食事を作ってもらいたいくらいだ」

パイを平らげ、やや真顔でそう言う彼に思わず赤面してしまう。

「アレクセイ様は、褒めすぎです……城に住まなくても、このくらいいつだって作りますから」

パイは父から教わったレシピなので、それを彼に褒められることは、ミハルにとって二重の意味で嬉しかった。

辺りを見回すと、農作業も今日は休みのようで、畑には人影も見当たらない。だからか、アレクセイもリラックスした様子で、帽子を脱ぎ、ピンと立ったかたちのいい獣耳と見事な尻尾をあらわにしている。

最後に残った果物は、懐から取り出した小型ナイフで彼が半分に切り、ミハルのぶんは綺麗に皮を剥いて渡してくれる。自分のぶんにがぶりと齧りつく彼の口元には、狼の鋭い牙《きば》が覗いている。

一瞬どきっとしたが、普段まず覗くことのないそれを見せてくれたのは、きっとアレクセイがミハルに気を許してくれている証しだと思うと、嬉しさが湧いた。

（……アレクセイ様は、王太子殿下なのに少しも偉ぶらないんだな……）

彼が皮を剥いてくれた果物をもぐもぐと咀嚼しながらミハルは思う。

こうして貴重な休日を、平民のパン職人な自分と過ごしてくれることで、彼には身分にこだわりがないとわかる。

アレクセイは、ルサーク王国の次期王になる地位にありながらも、少しも気取ったところがない。

最初に会ったときからそうだったが、側近のコンラートや部下たちになにかを命じるときも、彼らに一定の敬意を払っていることが伝わってくる。

彼は、たとえ自分に仕える者であっても、同じ人間なのだということを、ちゃんと理解しているのだと思う。

アレクセイのような王族は珍しい。

彼のような誠実な王族もいるのだと、この国に来てミハルは初めて知った。

人は、いろいろだ。

両親から伝え聞いた話で、ずっとルサークの王族や軍人に対し、勝手な恐怖心と憤りを抱いていた自分の思い込みを、ミハルは心の中で反省した。

このルサーク王国は自然が豊かで、海からも山からも実りがある。人々の気質も穏やかで、治安も良く、平和な国だ。こうして辿《たど》り着いてみれば、なぜマリカが無理を押しても帰りたがったのかがよくわかる。

ルサークがとても暮らしやすい、いい国だからだ。

この国の問屋は良心的で、余所者のミハルにも小麦やライ麦を安価で売ってくれる。

ここに来るまで住んでいたニーヴルトでは、穀物に王や諸侯が得るための高い税が上乗せされ、更に粉挽き小屋でも、手数料としてかなりの現物を差っ引かれていた。

それでも、周囲の人々の暮らしを思うと、パンに高い値はとてもつけられない。ミハルの父の店は、常に自分たちが食べていけるわずかな利益が残るだけの価格で売っていたため、どんなに売れても生活は常に厳しいものがあった。

ニーヴルトに落ち着くまでの間も、また、ルサークまでの道中にも、いくつもの国を通って旅をしてきたけれど、どの国も差はあれど、王が軍人を使って民を虐《しいた》げる状況は似たり寄ったりだ。

だからミハルは、いっそう王族や軍人への忌避感《きひかん》を強くするばかりだったのだ。

——しかし、この国と、そしてアレクセイは違う。

彼は、周辺国随一の豊かさを誇る国の豪奢《ごうしゃ》な城に暮らし、何不自由のない生まれでありながらも、たびたび市井に下り、民と同じ物を食べ、彼らの暮らしを知ろうとしている。

話を聞いた感じでは、彼はミハルが店を開く以前から、王族だとわからないように獣耳を隠し、庶民の住む町や店を見て回ることを続けていたようだ。

彼は将来国王となる身だ。おそらくは、民がどんなものを必要とし、なにに苦しんでいるのかを、上がってくる報告からではなく、自分自身の目で知るためだろう。

堂々としていながらも謙虚で、貴族にも平民に対しても態度を変えることがない。身分差のあるミハルに対しても、常に一定の礼儀を忘れずに対応してくれる。

感心するとともに、隣に座っているアレクセイのことを、もっとよく知りたいという気持ちが、ミハルの中にじわじわと湧いてきた。

自分が聞いてきた王族の話と彼とは、まったく違う。

（……アレクセイ様は、きっと僕たち一族の話を知らないよね……）

一家が国を離れてから、あまりにも時間が経ちすぎている。父母がこの国を出たときの王は、アレクセイの何代前の王にあたるのだろう、とミハルはぼんやりと考えた。

万が一、アレクセイに一族の話を聞いた覚えがあったとしても、それを自分と繋げて考えられる要素はどこにもないはずだ。

——どうか、このまま気づかないでいてほしい、と心の中で切に願う。

「――ミハル？」

川の流れを眺めながら、物思いに耽《ふけ》っているところを、横から顔を覗き込まれてどきっとした。

気遣わしげに見つめてくるアレクセイの顔が、すぐ近くにあったからだ。

「どうした、難しい顔をして。なにか悩み事でもあるのか？」

「なっ、なんでもありません、お天気もいいし……なんだか、幸せだなあと思って……」

とっさにそう言うと、彼がかすかに目を瞠った。まさかアレクセイのことを考えていたとは言えず、誤魔化すみたいになってしまったが、それはミハルにとって本当の気持ちだった。

晴れ渡った空の下、心地のいいそよ風が吹いている。川のせせらぎに、時折可愛い小鳥たちの囀《さえず》りが交じる。水車が回って粉を挽き、小屋の前ではミハルの馬がのんびりと草を食んでいる。

争いも悲しみもない、ただ穏やかで、平和な一日。

いまここに身の危険はない。追っ手もいないと確信できる。

荷馬車に並んで乗り、ここまでやってくる道中も、この場所に着いてからも。ミハルの心は安らぎと静かな幸福感とで満たされていた――それはきっと、アレクセイが隣にいてくれるからという理由もあるだろう。

彼のそばにいるといつも、かすかな胸の高揚とともに、自然と安堵感が湧く。

他の誰といるときとも違う、強《し》いていうなら家族といたときに近い気がする。

ミハルにとって、それは不思議な感覚だった。

（いったい、なぜなんだろう……）

思い返してみると、アレクセイはミハルが出会ってきた人々の中でも、極めて気持ちが安定している。父も母もそうで、皆優しすぎるくらいに優しい人たちだった。

それと同じように、彼も、一緒にいるとき、怒ったり苛立《いらだ》ったりしたところを一度も見たことがない。

だからなのだろうか、家族といたときのような安心感を覚えるのは——。

思わず考え込んだとき、ふいにアレクセイが手を伸ばしてきて、ミハルの口元をそっと撫でた。

「ふふっ」

くすぐったくて肩を竦めると、離れた彼の指先に果実のかけらがついている。

どうやら自分の唇の端についていたらしいとわかり、あまりの間抜けさにミハルは赤面する。

すると、アレクセイはその小さなかけらを口に運び、あろうことか、ぱくりと食べてしまうではないか。

(いま、アレクセイ様は、僕の口についていたかけらを、食べちゃった……?)

間接的な口付け。目を疑うが、事実だとわかると、動揺が隠せなくなる。

驚きで、口元に果実のかけらをつけていた恥ずかしさもどこかに吹っ飛んでしまった。

すると、そんなミハルの頤《おとがい》に指をかけ、彼がゆっくりと仰《あお》のかせる。

「アレクセイ様……?」

狼狽えて揺れる目を覗き込み、彼が顔を近づけてくる。どうしてなのか、アレクセイは酷く真剣な顔をしている。

抗えずにされるがままでいると、そっと唇に温かなものが触れ、それからすぐに離れる。

もう一度、間近からミハルと目を合わせて、アレクセイが囁いた。

「幸せだ、と言ったな」

ミハルは目を真ん丸にしたまま、ぎくしゃくと頷く。

「――私も、ミハルといると幸せだ」

彼に口付けをされたのだ、という事実に気づくまで、しばしの時間を要した。

じわじわと顔が発火したみたいに熱くなっていく。

どうしていいのかわからず、ミハルは両手で口元を押さえる。ハッとして慌てて視線を向けてみても、辺りには誰もいなくてホッとした。見られたところで彼は独身なのだから、なにも問題はないはずだ。でも、アレクセイの身分と、年よりも幼く見られがちな自分の見た目を思うと、人目を気にせずにはいられなかった。

嫌だったか？　と気遣うように訊ねられて、慌ててふるふると首を横に振る。

「嫌なんかじゃ……」

少しも、嫌じゃなかった。ただ、驚いただけだ。むしろ、不思議に心地が好《よ》くて――。

ミハル、と名を囁かれて、口元に当てた手をそっと外される。

握ったその手の甲に口付けてきたアレクセイが、じっとミハルを見つめる。彼の漆黒の目には、動揺を隠せない自分が映し出されている。

ミハルの表情に嫌悪の色がないとわかったのか、ホッとしたみたいに彼が表情を緩める。

片方の手をやんわりと握られたまま、彼のもう一方の手がミハルの項に回され、優しく引き寄せられた。

「ん……っ」

二度目のキスは、先程よりも少しだけ長く、唇を啄《ついば》むようにして甘く吸われた。

一瞬、これ以上彼と深く関わってはだめだ、という考えがミハルの頭に浮かんだ。けれど、もう一度彼に口付けられると、躰中に痺れが走って、逃れることなど考えられなくなった。

名残惜しそうに離れたアレクセイの唇が、今度はミハルの頬や目元、耳朶《じだ》へと愛おしげに触れてくる。

彼と目が合うたび、全身が心臓になったみたいにどきどきしている。熱い唇がどこかに触れるたび、四肢の先から蕩《とろ》けてしまいそうに躰はくたくたになって、少しも力が入らない。

（……もうそろそろ、小麦を挽き終わる……明日の仕込みもあるから、夕暮れ前には帰らなくちゃ……）

頭のどこかでそんなことを冷静に考えているのとは裏腹に、ミハルはアレクセイに与えられた初めての口付けに溺れ切っていた。

＊

一緒に水車小屋に行ってくれた翌日は、パンが売り切れて店を閉じたあとも、アレクセイは姿を見せなかった。

閉店の看板を出したあと、窓の外を気にかけながらミハルが店の片づけをしていると、急ぎ足でイヴァンがやってきた。

「今日はさー、定例の朝議が長引いててて、アレクセイ様は外出できないみたいなんだ」

朝議は、城の会議室に王家の人間と軍の関係者を集めて、週に数回行われている会議だという。今日はコンラートも一緒に参加していて、いつも代わりに受け取りに来る従卒は別の用事で出かけているため、自分が頼まれたようだとイヴァンは説明する。

イヴァンによると、最近いくつかの町に盗賊団が出たらしく、その報告が上がってきたため、アレクセイも対策に追われているそうだ。小さなこの町にはまだ被害は出ていないらしいが、他の領主の所有地にぽつぽつと報告があるという。

「その関係で、もしかしたら数日はミハルのとこに来られないかもな」

「そうですか……」

寂しく思ったが、仕事なのだから仕方がない。

「まっ、うちの軍は優秀だから、この辺りに盗賊が出てもすぐ捕まえるよ。でも、ミハルも戸締まりは気をつけてな」とイヴァンは自信ありげだ。

ミハルのパン屋があるキリルの町も、王の所有地だ。

忙しくしているであろうアレクセイの負担があまり大きくないといいと思いながら、ミハルは用意してあったパンの包みを渡す。

それをミハルから受け取り、「そういやアレクセイ様から『ミハルが元気か見てきてくれ』と言われたけど、いつも通りだよなぁ?」とイヴァンは不思議そうに首を傾げる。

「えっ、は、はい、元気です！」

とミハルは急いで答えながら顔を赤らめた。

来られない日であっても、アレクセイが自分の様子を気にかけてくれるのは正直いって嬉しい。だが、それと同時に、子供ではないのにという思いも湧いて、ちょっとだけ複雑な気持ちになる。

「なんだろーな、アレクセイ様は少し前に下の弟君を亡くしてるからさ」

ふと思い出したようにイヴァンが言い、ミハルはマリカを亡くしたときのことを思い出し、悲しい気持ちになる。アレクセイは三人兄弟で、すぐ下の弟は馬の事故で亡くなったそうだ。

「……ミハルを特別気にかけるのは、もしかしたら、そういうのもあるのかもしれないな」

その言葉に、胸がずきんと痛んだけれど、慌てて気にしないように、てきぱきと手を動かす。

アレクセイへ渡してもらうパンの籠とは別に、イヴァンにもお礼のパンを包んで渡すと、思いの外喜んでもらえた。

「実は、うちの家族もミハルのパンが大好物なんだ」

意外なイヴァンの言葉にミハルは笑顔になる。彼の家からは少し離れているため、パンを買ってくれていることは知らずにいた。

「でも、あっという間に人気の店になっちゃって、母さんが焼き上がりの時間を狙《ねら》って買いに来てるけど売り切れで買えないこともよくあるって嘆いてた」

申し訳なく思い、なにかもう少しサービスできないかと思ったが、今日は予備のパンまで包んでしまったのでもう残りはない。

思い立って、今夜と明日の朝、自分が食べるぶんにとっておいたパンも「よかったらこれも」と一緒に包んで渡す。「こんなにいいのか？」と気にしながらも、家族へのお土産が増えてイヴァンは大喜びだ。

「ええ、いつも買ってもらっているお礼です。お母様にも、ぜひまた来てくださいって伝えておいてくださいね」と言って、ミハルはパンを抱えて城に戻るイヴァンを見送った。

最初にイヴァンに渡したパンは、教会に持っていくつもりで焼いたぶんだが、明日また多めに焼いて持っていくことにしよう。

その他にも、店の貯蔵庫には、万が一誰かが食べるものに困ったとき分けられるようにと、常にいくつかのパンをとっておいてある。保存用なので水分を飛ばして乾燥させてある石みたいに固いパンだが、スープに浸ければじゅうぶん美味しく食べられる。

丁寧に店の掃除をしてから、翌朝起きたらすぐにパン作りができるよう、明日の準備を済ませる。

簡単な夕飯をとって一息つくと、ミハルはアレクセイのことを思った。

（……次はいつ、来てくれるかな……）

ふと、昨日、水車小屋の近くの川辺で口付けをされたときのことが蘇って、ひとりで赤面してしまう。

どうして彼が自分にキスをしたのかはわからない。

ただ、わかっていることは、アレクセイに触れられるのは少しも嫌ではなかったこと。それから、彼のキスで不思議なくらいに自分の躰が熱くなってしまったことだけだ。

初めて触れた、熱くて柔らかな彼の唇も、頬や項に触れてくる大きな手も、すべてが心地好くて——まるで夢の中にいるみたいに幸せな時間だった。

思い出しているうち、またあのときのように躰に熱が灯りそうになり、ミハルは動揺した。

（いつの間に……こんなふうな気持ちになっていたんだろう……）

気づけば、ミハルはパンを焼いているとき以外は、アレクセイのことばかり考えるようになっている。

彼に恋をしている——ルサークの王族など、本当なら、ぜったいに好きになってはいけない相手なのに。

この国に着いてすぐ、彼は役人に命じて、ミハルの親類が国にいないかどうかを探してくれた。残念ながら誰も見つからなかったが、それも当然だ——なぜならミハルは、国に残った母方の祖父の本当の名前を伝えなかったのだから。

もしも誰か親族が生きているなら見つけたいけれど、公に親族を探されては困る。自分が王家に仕えていた一族の末裔だと知られ、生き残りの存在が明らかになれば、皆に危険が及ぶ可能性があるのだ。

とはいえ、生き延びていたとしても、彼らが名を変えていることは間違いない。奇跡でも起こらない限り、見つかる可能性は低いだろうとミハルは半ば諦めかけていた。

ミハルには、アレクセイに言えないたくさんの秘密があった。

天に召されたマリカは、本当はミハルの『兄』ではない。

そして、祖父母たちと父だけではなく、ミハルの母も、実はルサークの人間だ。

彼らが逃げるように手を取り、ルサークを出たのは、実は百年以上も前のことだという——。

ミハル自身はまだたった二十年しか生きていないので、なにもかも両親から伝え聞いた話だ。

ミハルの一族は、普通の人々よりもずっと長く生きる。始祖は七百年ほども生きたそうだ。子孫の寿命はそこまで長くはないようだけれど、父も母も百五十年以上は生きた。

一族の者たちは、父とミハルのように、人々を癒す不思議な力を受け継いでいることが多い。更に、一族の血には稀な効果があり、男女問わず子を孕むこともできる。

ミハルは、追っ手を逃れて国を出た両親から、一族の様々な話を聞かされて育った。

だから、彼らの話は真実だと信じている——きっと、誰に伝えてもなかなか信じてはもらえないだろうけれど。

（アレクセイ様が知ったら、なんて言うだろう……）

もし、すべてを打ち明けたとしても、優しい彼はミハルを避けずにいてくれるかもしれない。そんな期待もあるけれど、問題なのは、彼が王家の人間であることだ。

万が一、彼の周囲の人々にばれてしまったら。

そしてそこに、悪辣《あくらつ》な考えを持つ者がいたら。

もう一族のことを覚えている者がいなかったとしても、自分の存在は異端だと恐れられるか、もしくは研究対象にされ、最悪の場合、両親のように追われるようになる可能性がある。

――だから、好きになっても、アレクセイにはこの秘密を伝えるわけにいかない。

(本当は、マリカが亡くなった時点で、ルサーク以外の国に行くべきだったんだ……)

ため息をつくけれど、どうしてもあのときは、アレクセイについていくことしか考えられなかった。

彼に想いを寄せても、ミハルはこの地にずっといることはできない。

これまでもずっと、五年前後で引っ越しを繰り返してきた。長くて六、七年――どう誤魔化しても、おそらく十年、同じ場所に住み続けることは難しいだろう。

長きに亘《わた》る安定した暮らしを望んではいけない、深く知られることは危険だからと、幼い頃から何度も言い聞かされてきた。

だから、これから先、自分がどんな人生を歩むべきなのかはわかっている。

それでも、いまはただ少しでも長くアレクセイのいるこの国で暮らしたい。

(……せめて、恩返しができるまでの間だけでもいいから……)

ミハルは、痛切な気持ちで、毎日そう願っていた。

ひとりでいると、ついあれこれと考え込んでしまう。

明日も早朝に起きなくてはならない。今日はもう寝てしまおうと決め、夕食の片づけをして寝る支度をする。明かりを消してから寝台に入り、毛布に包まった。

眠れば、またアレクセイに会えるときが近づく。そう思って目を閉じたけれど、いつもならすぐに眠りが訪れるのに、今日はなぜだか気が昂《たか》ぶっているようでなかなか寝つけない。

どのくらい時間が経ったことだろう。

やっと眠りに落ちかけ、うとうとしながら寝台の中で寝返りを打ったときだ。

店のほうからかすかな物音が聞こえた気がした。

気のせいかと思い、まだぼんやりしたまま耳を澄ませる。確かに誰かが店の中にいるような気配を感じて、ミハルは突如として目が覚めた。

（今夜の戸締まりは……忘れてない、ぜったい……）

ひとり暮らしなので、店を閉めたあとは窓や扉の鍵を閉め、寝る前にも確認する習慣がある。そのうえ、今日はイヴァンから盗賊団の話を聞いたばかりなのだ。忘れるはずがない。

もし泥棒が狙うとしたら、こんな小さなパン屋ではなく、もっとずっと実入りのいい店がいくらもあるはずなのに。

いったい、なにが目的なのか。

（まさか……今更、追っ手が……？）

様々な可能性が頭に浮かんでは消える。恐怖を感じながらも、そーっと寝台から下り、いつもお守り代わりに寝台の下に置いている防犯用の棍棒を、震えそうな手で取る。裸足のまま、そろそろと小さな寝室を出た。

厨房兼居間を通り抜け、扉の向こう側の気配を密かに窺う。

物音の様子から、侵入者は店のカウンターの内側にいて、棚の辺りをごそごそと漁っているようだ。

おそらく、今日の売り上げを探しているのだろう。だが、売り上げは店を閉めたあと、厨房の床板を跳ね上げた下にある、小さな貯蔵庫の中の壺に貯めている。床板の上には椅子を置いているから、貯蔵庫の存在はそう簡単に気づかれることはないだろう。

一瞬、なんとかして自分で撃退できないものかと考えたが、火掻き棒は長すぎるし、武器になるのはこの棍棒くらいしかない。もし怪我をしたら店を開けなくなる。無茶はやめようと諦めた。

（……厨房脇の裏口から出て、お隣に知らせに行けば……）

金物屋の主人、レナータの夫のヤンは元軍人で、近所ではいちばん腕っぷしが強いと評判だ。大柄な彼の姿を見れば、きっと侵入者も怯《ひる》むだろう。深夜に起こしてしまうのは心苦しいけれど、もし侵入者が味を占めたら、次はどこの店を狙うかわからない。たとえ捕まえられなくても、利益を与えずに追い出さねばとミハルは決意を固める。

厨房脇の裏口から出ようと、後退しかけたときだ。

ガチャッという扉が開くような音がして、心臓が止まりそうになった。

しかし、なぜか目の前の扉は開いていない。

『——なんだ、お前！』

扉の向こうから、くぐもった男の声が低く響いた。おそらく、侵入者の声だろう。

その声は、ミハルに向けられたものではない。

つまり、どうしたことか、更に別の誰かが店の扉のほうを開けたようだ。しかも、入ってきた者は、先に押し入った侵入者の味方ではない。

もしかしたら、ミハルが知らせに行く前にヤンかレナータのどちらかが不審な物音に気づいて、様子を見にきてくれたのかもしれない。

（レナータたちだったら、すぐに加勢しなきゃ……）

扉越しに耳を澄ましていると、食器が壊れる音や棚が落ちるような激しい音が続く。扉の向こうから、争っている様子の振動が響いてきてミハルは身を竦めた。

誰なのかはわからないが、新たに入ってきた者が、侵入者を撃退しようとしてくれていることだけはわかる。

加勢しようと決めて、ミハルはドアノブに手をかける。それと同時に、目の前の扉が荒々しく開き、その反動でミハルは尻もちをついた。

「いたっ‼」

痛みで思わず声を上げ、ハッとして顔を上げると、扉を開けたのは黒ずくめの男だった。

手には鉄の棒のようなものを握り締めている。

更にその背後には、マントを纏ったもうひとりの男がいて、剣を手にして黒ずくめの男を追ってくる。いかにも鋭そうなその白刃が、薄闇の中でかすかな光を跳ね返して煌《きら》めいた。

（ど、どうしよう……⁉）

どちらが侵入者で、どちらが助けに来てくれた者なのか、判別できない。

だが、目の前の黒ずくめの男が、逃げるのに邪魔な場所に座り込んだミハルに、鉄の棒を振り上げたことでわかった——こちらが侵入者で、悪人なのだと。

恐怖に硬直しかけたが、とっさにえいっと手に持っていた棍棒を目の前の男に投げつける。

「いてぇっ!!」

鈍い音がして、棍棒が膝の辺りにぶつかり、男が一瞬よろける。その隙を見逃さずに背後から踏み込んできたマントの男が、侵入者の手から鉄の棒を叩き落とした。

ミハルが加勢するまでもなく、マントの男の手によって、あっという間に黒ずくめの男が床にねじ伏せられる。

座り込んだまま呆然としていると、マントの男がフードを脱いだ。あらわになった獣耳がぴんと立つのに目を丸くする。

「——ミハル、怪我はないか?」

そう訊きながら、男は懐から出した紐《ひも》で侵入者を素早く縛り上げる。剣を鞘《さや》に収めてからミハルの前に片方の膝を突いたのは——驚いたことに、アレクセイだったのだ。

(アレクセイ様が、どうして……?)

「え、えっと、大丈夫、みたいです……」

混乱しながら答えると、彼はミハルの手を取る。

どこにも怪我がないとわかると、やっと安堵したように深く息を吐き、彼はミハルを強く抱き締めた。

侵入者は、知らせを受けてやってきた兵士に連れていかれた。

気づけば、騒ぎに気づいた寝間着姿の近所の人たちが店の前に集まっている。心配そうな顔をしたレナータと夫のヤンもいる。

アレクセイが貸してくれたマントに身を包み、まだ呆然としていたミハルは、店の入り口を出たところで近所の人々に囲まれた。侵入者のことを説明すると、皆が口々に憤りの声を上げる。

「さぞかし怖かったでしょう。まだ落ち着かないでしょうし、今夜はうちに泊まりなさいな」と優しいレナータがそっと誘ってくれる。

ありがたさに涙が出そうになったけれど、兵士との話を終えて戻ってきたアレクセイが「申し出には感謝するが、今夜は私の知り合いの館に泊まらせる」と、なぜか勝手にそれを断ってしまう。

「え……あ、あの」

驚いているうちに、一台の立派な馬車が店の前に停まった。どうやら彼が呼んだものらしい。ミハルはアレクセイに手を引かれて、否応なしに馬車の座席に乗せられてしまう。

「ちょ、ちょっと、軍人さん、ミハルをどこに連れていくの⁉」

事件のあとだからか、警戒したレナータがアレクセイに食ってかかっている。

その拍子に彼のマントのフードが脱げて、これまで隠れていた頭の上の獣耳があらわになる。

それを見て、レナータも町の人々も皆目を丸くした。

アレクセイは冷静に「ミハルのことは任せてくれ。安全なところに連れていくから心配は不要だ」と言うと、自らもミハルの隣に乗り込む。

「え……あの耳……？」

「王太子殿下じゃないか」

「まさか、アレクセイ王子様？　なんで、こんなところに？」

アレクセイの姿を目にしたことのあるらしい者たちにざわめきが起こる。

「王太子って、例の、いけにえの？」

誰かが言った言葉が耳に引っかかった。

（いけにえ？）

とっさに馬車の中から視線を巡らせたけれど、誰が発したのかわからなかった。

心配そうなレナータと、彼女を宥《なだ》めているヤンが見え、慌てて大丈夫だからというように手を振る。

アレクセイが御者に馬車を出すよう命じ、ミハルは近所の人々が集まった店の前から連れ出された。


馬車を走らせ、連れていかれたのは、閑静な通りに面したコンラートの館だった。

以前、ミハルがこの国に来てすぐのときもしばらくの間世話になった馴染みのある館だ。

「アレクセイ様、ミハルも、今夜は大変でしたね」

知らせを受けていたらしく、馬車を降りた入り口では、使用人とともに心配そうな顔のコンラートが出迎えてくれた。軍服に着替える暇はなかったのか、珍しく部屋着にガウンを羽織っている。

「遅くにすまないな、世話になる」

「すみません、こんな時間に……」

アレクセイはもちろんのこと、コンラートにも迷惑をかけてばかりだ。恐縮してミハルが謝ると、彼は微笑んだ。

「いえ、あなたが無事でなによりです。この家の警護は万全ですから、なにはともあれ今夜はゆっくりと休んでください。アレクセイ様もどうぞ」

案内されたのは、前に使わせてもらった部屋よりも更に広い客間だった。

奥の壁際には大きめの寝台があり、横の壁際には書き物机が据えられている。窓に面して応接用の長椅子とテーブルが置かれた、上品な内装の静かな部屋だ。

まだ混乱しているミハルがぼうっと立っていると、以前世話になった使用人のジェミヤンがお茶のセットを運んでくる。「酷い目に遭いましたね」と気遣うように言って、ティーポットからカップに温かいお茶を注いでくれた。

湯の用意をするかと訊かれたが、こんな深夜に風呂の支度をしてもらうのは申し訳ない。ミハルが首を横に振ろうとしたとき、ちょうど部屋に入ってきたアレクセイが、「すまないが、手足を拭けるだけの湯を持ってきてもらえるか」と頼んだ。

待つほどもなく、ジェミヤンが陶器の桶《おけ》と大振りな水差しにたっぷりの湯、それから清潔な布を運んでくる。コンラートの館の使用人は皆教育が行き届いていて、親切なうえに仕事が早い。

ジェミヤンが下がって扉が閉まると、アレクセイは腰に帯びた剣を外し、上着を脱いだ。お茶を飲みながら、ミハルが目で追っていると、彼はテーブルの上の水差しから桶に湯を注ぐ。シャツの袖《そで》を捲《めく》った彼が、湯に浸した布を絞る。

「ミハル、こちらに」と言われて寝台のほうへ促され、大人しく従う。

言われるがまま寝台の端にちょこんと腰かけると、濡れた布を持った彼がミハルの前に来て跪く。なにをするのだろうと思っていると、温かい布で顔を拭かれて驚いた。

アレクセイは、動揺しているミハルの耳の後ろから首筋を清めていく。

つまり――ジェミヤンに運ばせた湯は、こうするためのものだったのだとわかった。

「アレクセイ様……っ、ぼ、僕、自分でします」

王族の彼にこんな世話をさせるわけにはいかない。止めようとするが、彼にやめるつもりはないようだ。

「あんな出来事のあとで、気が昂《たか》ぶったままでは眠れないだろう。こうして手足を拭けば、すっきりして少しは落ち着く。私がしてやるから、じっとしていてくれ」

手を取り、丁寧な手つきで拭いてくれながら、アレクセイはこれからのことを説明した。

「……鍵を壊された店の入り口は応急処置をさせている。朝になったら改めて扉の鍵と店内の修理を手配させる。それまでの間は兵士を立たせておくから、店のことは心配いらない」

なるべく早く修理させるが、とりあえず数日は店を休んでくれと言われて、ミハルは悄然《しょうぜん》と頷いた。

ざっと見ただけだが、侵入者によって店内はかなり荒らされてしまっていた。まだ店を開いて半年ほど、古びた店を改装して綺麗にしてもらって間もないのに。

落ち込むけれど、怪我をせずに済んだのだからと、なんとか気持ちを前向きにする。

（修理さえすれば、また店は開けるんだから……）

そう自分に言い聞かせていると、アレクセイが拭き終えたミハルの右手を優しく握った。

「すぐに店は直る。ミハルが無事だったことがなによりだ」

そう言いながら、彼は握った手に少し力を入れる。

まるで『大丈夫だ』と、元気づけようとするみたいに。

その触れ合いだけで、なぜだか不思議なくらいに安堵が湧いた。

続けて彼はミハルの小さめな左手も、指の股から指先まで、余すところなく清めていく。アレクセイの大きくて温かい手に触れられているうち、やっとここは安全なのだという実感が湧いてきた。

「侵入者についてはこれから調べさせるが、おそらくはミハルの店を狙ったわけではなく、今回は行きずりの強盗ではないかと考えている」

彼が言うには、ここ数年の間、ある時期になると定期的に現れる強盗団がいるのだという。それはどうやら、他国から収穫の出稼ぎに来た者が、帰国前に強盗を働いて荒稼ぎをしている可能性が高いらしい。

ルサーク王国は国土が広く、代々の王家所有の土地や建物が各地にある。

先日訪れた劇場や学校なども、多くが王立だ。王家が独自の稼ぎを得ているため、民が納める各種税は他国に比べると低めに抑えられていて、平民でも比較的豊かな暮らしを送っている。おかげで国内における犯罪率はかなり低いそうだ――だがそれは、自国の民に限っての話らしい。

他国から入り込んできた悪辣な泥棒は、そのルサークの治安の良さを逆手に取っている。狙いやすい建物をチェックして複数人で一気に乗り込み、金目の物を総浚《そうざら》いして国境を越えて逃げるというのが、ここ数年の問題なのだそうだ。

「以前は貴族の家ばかりが狙われていたが、警戒を強めたからか、最近は個人の店や農家に押し入られる事件が頻発していた。今日の朝議も、ちょうどその件についての話し合いをしていたところなんだが――まさか、よりによって、ミハルの店に押し入るとはな」

アレクセイは忌々《いまいま》しげに言う。

今回の犯人はひとりだけ捕まったけれど、単独犯ではない可能性が高い。強盗団には金品を集めるためのねぐらと、それを怪しまれずに国外に持ち出して売るルートが必要だからだ。

アレクセイ率いる王立軍と、町の警護団は、その仲間を見つけ、一網打尽にして捕らえたいと考えているらしい。

今夜の侵入者が、単なる泥棒ではなさそうだと知り、ミハルは動揺した。

（一族の者だと知られて追っ手が来たわけじゃなかったのは、良かったけど……）

強張った表情に気づいたアレクセイが「明日からは、兵士に命じてキリル方面の巡回を強化させる。仲間もすぐに捕らえるから、心配しなくて大丈夫だ」と安心させるように言う。

力強く言ってくれる彼の言葉に、少しホッとした。

両手を綺麗に拭かれたあと、今度は彼の膝の上に一方の足を乗せられて、ぎょっとする。

店で尻もちをついたあと、しばらく裸足で歩いてしまったから、足の裏は汚れているはずだ。しかし「だめです」とミハルが必死に言ってもアレクセイは「いいから、任せてくれ」と言って聞く耳を持ってはくれない。

終いには「風呂に入れてすみずみまで洗われるほうがいいのか？」と真顔で訊かれて、抗えなくなる。

（僕、店の厨房で転んだし……もしかしたら、埃《ほこり》っぽかったのかも……）

そんな躰でコンラートの館の立派な寝台で寝かせてもらうのは、確かに失礼なのかもしれない。でも、だったら自分でするのにと恨《うら》めしく見つめていると、寝間着の裾を膝の上まで捲られる。

身を硬くしながら、両足の膝の裏、ふくらはぎから足首、そして足指の間までも、手と同じようにアレクセイの手で丹念に拭き清められてしまった。

ミハルの世話を焼き終えると、彼は立ち上がる。

侵入者が捕らえられたあとも緊張していたせいか、顔と手足が綺麗になると、言われた通りだいぶさっぱりする。恐怖で竦んでいた気持ちまでもが少し解れた気がした。

「着替えて、もう休んだほうがいい」と言われて頷き、部屋に用意されていた寝間着に着替える。

その間、アレクセイは別の布を湯で絞り、自らの顔と首周りをざっと拭いている。手伝ったほうがいいかと思ったが、迷っているうちに彼は、てきぱきと自らの手足を清め終えてしまった。

布を片づけたアレクセイが、今度は寝台の毛布を捲り、横になるようミハルを促す。

なにからなにまで世話になって、本当に子供みたいだ。情けない気もしたけれど、いまはまだひとりになるのが怖かった。彼がそばにいてくれるのがありがたくて、大人しくそこへ潜り込む。

毛布を肩までかけてくれる彼に、ミハルは気になっていたことを訊ねた。

「あの……」

「なんだ？」

「どうして、アレクセイ様が助けに来てくれたのですか……？」

はっきりとした時間はわからないけれど、ミハルが侵入者に気づいたとき、日付は確実に変わっていた。いくらなんでも偶然通りかかるという時間ではないはずだ。

すると、アレクセイは寝台に腰かけてから、なぜかばつが悪そうに言った。

「……店に行ったのは、イヴァンの奴が気がかりなことを言うからだ。まあ、そのおかげで、運良くミハルを助けられたわけだが」

いまイヴァンの名が出てくる理由がわからない。ミハルが首を傾げると、アレクセイは言い辛そうに説明した。

「今日、私の代わりにパンを受け取るため、店にイヴァンを行かせただろう？　パンを届けに来た彼にミハルの様子を聞くと『本人は元気だと言っていましたが、なんだか寂しそうに見えましたねぇ』などと言うんだ。おかげで、議会が夜になってやっと終わったあとも、気になって仕方がなかった。だが、もう夜も更《ふ》けているし、朝が早い君はいつも夜は早く寝床に入る。きっともう眠っているだろうと思ったが……もしも、私が会いに行けなかったことで、寂しい思いをして眠れずにいたらと気がかりでたまらなくなった。だから、部屋の明かりがちゃんと消えていることをこの目で確認するために、馬を飛ばしてきたんだ」

予想外の話に、ミハルは啞然とした。

「明かりは消えていてホッとしたが、暗い店内に人影が見えたことを不審に感じた。まさか、侵入者がいるとは……結果として、イヴァンの奴には感謝するしかないな」

目を丸くしているミハルに気づいたのか、アレクセイは気まずそうな顔になる。

「遅い時間に突然訪れたのは、すまなかった。最近私は……君の元気な顔をこの目で見ない限り、気持ちが落ち着かないんだ」

苦々しい様子で言われて、ミハルはいっそう驚く。

胸の中で、戸惑いと嬉しさが混ざり合う。びっくりしすぎて、今日の事件のことすらも、どこかに吹き飛んでしまった気がした。

ミハルが彼を思いながら、早く会いたくて眠りについたとき、アレクセイもミハルのことを考え、夜中に城から馬を飛ばして向かってきていた——ミハルに会うためではなく、ただ、部屋の明かりが消えて、問題なく眠れているかを確認するためだけに。

（アレクセイ様……）

じわじわと温かな気持ちが湧いてきて、ミハルの胸をいっぱいに満たす。

もし今夜、アレクセイが訪れず、侵入者を捕らえてくれなかったら、どんな結果になっていたかはわからない。最悪、犯人と鉢合わせをして、ミハルは殺されていた可能性だってないわけではなかった。

イヴァンの何気ない発言を気にかけて、アレクセイは深夜に馬を飛ばしてやってきて、ミハルを窮地から救ってくれた。

「そういえば、君が棍棒を投げて賊を撃退しようとしたところは、勇ましかった」

「だ、だって、必死だったのです」

思い出したように言うアレクセイに、ミハルは顔が熱くなるのを感じた。

あの必死の光景を彼には見られていたのだ。腰が抜けそうなほど怖かったけれど、なにかせねばと唯一の武器を夢中で投げた。

「私が来なくとも追い払えていたかもしれないぞ？」と冗談ぽく言われて、笑みが零れる。

「あの……今夜は助けてくれて、本当にありがとうございました」

今更だが、改めてミハルは彼に礼を言う。

今夜は、アレクセイの強さを初めて目の当たりにした。闇の中であっても、見事な剣の腕前だとわかった。暗く狭い店内だったからやり合うことになったけれど、おそらく昼に屋外で戦えば、侵入者は数秒と持たず彼の剣で叩き伏せられていただろう。

「もう大丈夫なので、アレクセイ様も休んでください」と言うと、なぜか、彼は珍しくかすかに狼狽えた様子を見せた。

「私も休んで構わないのか？」と訊かれて、こくりと頷く。

しばしの間のあと、彼はなぜか寝台のミハルの隣に身を横たえる。

「あ、あの……これから、城に戻られるのでは……？」

「いや、私も今夜は朝までここにいる」

そう言われて、前とは違う客室に通された理由がやっとわかった。

つまりコンラートは、アレクセイがミハルを心配して帰らないことを前提として、広いこの部屋を用意してくれたのだろう。寝台は大きいのでふたりでも問題なく休める。

アレクセイと一緒に眠る——どぎまぎしたけれど、最初に出会った夜も、彼と同じ天幕の中で眠った。優しい彼の思い遣りで、ミハルはマリカを失った耐え難い悲しみの淵から救われたのだ。

あの夜と同じように、彼の手はミハルの髪を優しく撫でる。それから、寝かしつけるみたいに毛布越しの肩に触れた。

「……コンラートは、私の気持ちをわかってくれていたようだ。この館がもし世界でいちばん安全だったとしても、今夜は君をひとりで置いておくことはできそうもないからな」

髪を撫でていたアレクセイの腕がミハルの首の下に回り、躰ごとやんわりと彼のほうへ引き寄せられた。

「疲れただろう？　ここにいるから、もう眠れ」

シャツ越しの固くて厚い胸元に頬が触れると、確かな鼓動が伝わってくる。彼と同衾していることへの動揺と、ひとりではないという安堵が、同時に押し寄せた。

ゆったりとした動きで優しく背中を撫でられているうちに、緊張が解れ、四肢の先がじんわりと温

まる。だんだんと呼吸が深くなり、躰の力が抜けていく。

この人のそばにいれば、なにひとつ不安はない。

まるで神様の掌《てのひら》に包まれているみたいな心地で、ミハルは彼の逞《たくま》しい腕の中に身を委ねる。

こんなにも安心した気持ちになるのはなぜなんだろう。

瞼が落ちかけたとき、額《ひたい》に柔らかなものが触れた気がした。

「……二度と誰にも傷つけさせはしない」

うとうとした耳に、はっきりとその声は聞こえなかった。

「私の、大切なミハル」

かすかに開いた小さな唇に、なにかがそっと押しつけられる。

愛おしげに、大切な宝物にするかのような恭《うやうや》しい口付けだった。

いつしかミハルは、今夜、事件が起きたことが嘘のような、穏やかで吸い込まれるような眠りに落ちていた。

＊

「ミハルの店に押し入った者は、やはりこれまでの賊の中でも下っ端のようですね」

軍服姿のコンラートが報告書を手に説明する。

「今回の盗みは計画に入っておらず、昼間に通りがかり、たまたま店が繁盛している様子なのを見かけて、小遣いを稼ごうと無計画に侵入を決めたと言っています」

「そうか」

城の執務室で、机の前にやってきたコンラートにアレクセイは頷く。

深夜、ミハルの店に侵入者があってからまだ半日だ。

捕らえた侵入者が吐いた町外れの家に兵士を向かわせると、昨夜の騒ぎを聞きつけたのか、すでにそこはもぬけの殻だったそうだ。

これまで盗んだ物や侵入した館については、いま徹底的に調べさせている。貴族の家から奪われた大量の金貨や盗品の流出を防ぐため、早急に仲間の人相書きを作り、国境の警戒を強めさせることを決めた。

「人相書きが出来次第絵描きに複製させて、奴らが根城にしていた家の家主と、それから近所の者たちにも見せて、確認させます」

「わかった。では、完成したら国境の兵士とルシュカの警備兵にも配らせよう」

纏められた報告書には、今回捕らえた侵入者の一味が起こしたと思われる盗難事件の数々が記載されていて、思わずため息をつきたくなる。

殺人がないことだけが救いだが、怪我人はあちこちに出ている。ミハルが無傷だったのは、ただ幸運だっただけだ。

しかも、これが事件のすべてではない。豊かなルサーク王国には、ここ数年、富や仕事を求めて家のない他国の者が集まってくる傾向が顕著だ。

特に昨年は、ルサークとその隣のセムラートを除いた周辺国の天候は異常で、農作物が不作だった。

そのせいか、他国でも強盗が増えているという話は耳にしていた。

盗賊は厳罰に処する必要があるが、その代わりに、流入してくる貧しい者がまっとうな職を得て最低限食べていけるような土台を作らなければならない。ルサークでは、弱者への福祉として、その日の食べ物にも欠く者を受け入れる慈善の館がある。そこでは家のない者には誰にでも食事や宿が与えられ、職のあっせんも行われている。公共福祉のためもあるけれど、最大の理由は国内の犯罪を抑制し、治安を保つためだ。

現在、福祉事業の運営は、アレクセイの叔父で王弟であるピョートルに任されている。王家の財と民が納めた税の半々を充《あ》て、他国にはないほど手厚く行っているはずなのだが——。

（……しかし、盗賊はいっこうに減らない……）

それればかりか、女子供や老人といった慈善の館が優先的に受け入れているはずの者までもが、なぜか盗人として捕まることすらある。

現在の王家には、成人した男は三人しかいない。

ルサーク王国軍の将軍代理であるアレクセイの目下の仕事は、国外から流入する盗賊団の討伐、及び首都の治安維持だ。

将軍で父である国王のイザークは、王家の主な責務を跡継ぎのアレクセイと年の離れた実弟であるピョートルにそれぞれ振り分けて、最近は床につく日も多く、半ば引退気味の日々を送っている。狼の獣人は強靱《きょうじん》な強さを誇るけれど、父も年を取り、周囲も彼の老いを感じ始めたところだ。

王太子のアレクセイは、双璧《そうへき》として責務を担うはずのピョートルとは、正直あまり馬が合わない。国王である兄に上手く媚《こ》びて副将軍の地位をもらったものの、必要な軍の仕事からは逃げ、かといって政務に力を尽くすわけでもない。贅沢を愛し、女遊びが好きで大酒飲みな叔父とは、興味も話題もなにひとつ被るところがないからだ。

ピョートルのほうも、夜会や賭け事の誘いにいっさい乗ってこない甥を『あいつは面白みがない奴だ』と周囲に吹聴して回っているらしい。

揉《も》め事を避けるなら、彼の仕事には口出しをせずに済ませたいところだけれど、状況を見るとそうもいってはいられない。慈善の館の運営はどうなっているのか、もし費用が足りないのであれば、議会にかけて増額を検討するべきだ。または、無駄に流れている金があるなら、帳簿を検《あらた》めさせる必要があった。

(他にも役人がいるから、そうそう好きにはできないはずだが……)

気は重いが放置するわけにはいかないと、アレクセイは小さくため息をつく。

報告書に目を通し、苦い顔をするところを見て、コンラートが話題を変えるように訊ねてきた。

「ところで、バーゼル様のお屋敷には今日移動されるのですか？」

アレクセイは表情を緩めて、「ああ、準備が整い次第、ミハルを連れていく」と答える。

バーゼル卿は、アレクセイの母方の遠縁にあたる富豪の貴族だ。今朝連絡をつけ、ミハルの店があるキリルの町からそれほど遠くはないところにある、使っていない別宅を貸してくれることになっている。

別宅というのはもちろん、今後、ミハルを安全に暮らさせるための家だ。

侵入者の件は、ある意味ではいいきっかけになった。簡単に鍵を壊せる古くて小さな店の一室にあの子をひとりで置いておけば、これから先もどんな危険があるかわからない。まだミハルには話していないが、もし躊躇うようなら、夜は店に警護の者を立たせると言えば、きっと拒みはしないだろう。

なんとか応じてもらいたい——毎夜のアレクセイの心の安寧《あんねい》のためにも。

別宅にはすでに使用人を行かせ、住む準備を始めさせているので、今夜から泊まれるだろう。

「お前にもたびたび世話になってすまなかったな」

昨夜は遅くに快く部屋を用意してくれたコンラートに、アレクセイは礼を言う。

「いいえ、お役に立ててなによりです。ミハルならいつでも歓迎ですよ」

と言ったあと、思い立ったように、「……もし、よければなのですが」とコンラートが切り出す。

「バーゼル様のお屋敷に、我が家でミハルの世話をしていたジェミヤンをついていかせましょうか？」

ジェミヤンというのは、昨日部屋に湯を持ってきてくれた使用人だという。

「ルサークに着いてからの二か月、我が家にいる間、ジェミヤンはミハルの部屋付きでした。あの子の好みや性格なども、大まかに理解していると思います。出自も保証できる者ですし、それに、剣の腕のほうもなかなかのものですよ」

慎重なコンラートが薦める人材なら、なにも心配はいらないだろう。だが、礼儀を弁《わきま》えているうえに有能で気配りのできる使用人は貴重で、そう簡単に見つけられるものではない。給金を倍積んででも家から出すなとよくいわれているほどなのに。

「それはありがたいが——お前の館のほうには問題はないのか？」

ジェミヤンを借りて本当に構わないのかとアレクセイは訊ねる。

「ええ、ミハルも世話をされるなら慣れた者のほうがいいでしょうし、それに……いざというとき、あの子を守れる者が身近にいたほうがアレクセイ様もご安心なのでは」

コンラートはからかうでもなく、にっこりと笑う。なんともいえない気持ちになり、アレクセイは

「助かる。では、よろしく頼む」と苦虫を噛み潰したような顔で言った。

準備するように伝えます、と言って、コンラートが下がっていく。

アレクセイが十代の頃から仕えてくれるコンラートは、国一番と言われる貴族の家の嫡男《ちゃくなん》でありながら、本当によく気が回る。ぜったいに敵に回したくないタイプだなと苦笑しつつ、彼の気遣いに感謝した。

椅子の背に躰を預け、深く息を吐く。

（コンラートも、最近やけにあれこれと気遣ってくれるな……）

周囲の者の態度は、日を追うごとに丁重なものになっていく。

自分に対し、同情の気持ちを隠せない者も多い。それがときによって疎ましいこともあり、またはいまのように助かることもあって、複雑な気持ちにさせられる。

（……自分自身では、もう葛藤《かっとう》する時期は乗り越えているつもりだが……）

――アレクセイは、もうすぐ自由を失う。

行かない、という選択肢はない。

その代わり、アレクセイが決意しているのは、自分が不在にする間の心配事を極力なくしておきたい、ということだけだ。

そう考えたとき、昨夜、賊がミハルに襲いかかろうとした瞬間のことが蘇った。

ミハル自身の加勢もあって、無事に捕らえることができたものの、間一髪だった。もし、アレクセイが到着するのがあと数十分遅かったらどうなっていたかわからない。

気丈に振る舞っていたが、抱き締めると、ミハルの小柄な躰はかすかに震えていた。

たった九か月前、兄を失う不幸に遭い、それをやっと乗り越えたばかりだ。ひとりで必死に生きようとしているあの子に、目の前でふたたび災厄が襲いかかろうとしていた。運命はなんと非道なのかと憤りで眩暈《めまい》がし、気づいたときには賊を床に叩き伏せて縛り上げていた。

——もう二度と、この子に怖い思いも悲しい思いもさせはしない。

小さく震えているミハルを抱き締めたあの瞬間に、アレクセイはこの子を安全なところに住まわせるという決意を固めていた。

まだ賊のひとりを捕らえられただけで、仲間の残党も狩る必要がある。それに、馬の合わない叔父とも話し合わなければならず、場合によっては責任者から外す必要があるかもしれない。ピョートルは口がうまいので、周囲を味方につけられないようきっちりと下調べをしてから話し合いに臨《のぞ》まねば。

問題は、あちこちにまだ山積みだ。

だが——ミハルを警備の確かな邸宅に住まわせられると思うだけで、アレクセイの中から、大きな不安がひとつ消えていた。

館の警備は自分が率いる部隊の中でも腕が立ち、信頼の置ける者から募る。理由もなく貴族の館の警備をさせるわけにはいかないので、バーゼル卿の館にはアレクセイもともに滞在するつもりだ。使用人は、コンラートのところのジェミヤンの他に、城から自分の部屋付きの者を何人か連れていこうと考えている。

ミハルはパン職人という仕事に遣り甲斐を感じているようだし、向いてもいる。無理に店をやめさせることはできないが、その代わりに、せめて安全な場所で寝起きをしてもらいたい。

——ミハルと一緒に暮らす。

そう考えただけで、不思議なくらいアレクセイの心は浮き立った。

毎朝、あの子の顔を見てから仕事を始め、毎夜、寝顔を眺めてから眠れる。そんな暮らしが送れるのなら、気の重い仕事や苦手な根回しすらも些末《さまつ》なことに思えてくる。

立ち上がったアレクセイは、窓枠に手を置き、執務室の窓から市街地を見下ろす。

王城は緩やかで巨大な山の頂点に立っている。眼下に広がる街の中で、コンラートの大きく瀟洒《しょうしゃ》な館は、貴族の家が多く立ち並ぶ中腹の辺りに立っている。深い青色に塗られた屋根がここからでも見つけられた。

数日の間は修理のため、店は休みだ。だからミハルはいま、おそらくあの館の客室にいるはずだと思う。

やむなく得た休みなのだから、たまにはのんびりと過ごせばいいものを、ミハルは使用人の掃除を手伝おうとしていた。話を聞くと、今日はいつものようにパンを作れないから手持ち無沙汰らしく、沈んだ様子だった。料理人に言って厨房の一部を使わせてもらい、好きなものを焼いたらどうかと提案すると、パッと彼は顔を輝かせた。

『美味しいパイを焼いてお帰りをお待ちしますね』と言って満面に笑みを浮かべ、城に向かうアレクセイを館の入り口まで見送ってくれた。

思い出すとあまりに可愛くて、思わず笑みが漏れる。

ミハルはいつも何事にも一生懸命だ。本人は隠せていると思っているようだが、素直すぎてなにもかも感情が面《おもて》に出ている。明るい性格だけれど、根を下ろさずに国を転々として育ってきた環境のせいか、本質的には少し臆病《おくびょう》で人見知りなところがある。そんなミハルが、アレクセイにだけは特別に心を許して、懐いてくれていることが伝わってくると、つい必要以上に構わずにはいられない。アレクセイのためになにかしようとくるくる動き回る様が可愛い。小さな手で焼くパンは、驚いたことに城の料理人が作るものより美味だ。いつか正直にそれを伝えたときは、小さな花がほころんだみたいな笑顔を見せてくれた。

無意識に、なにか少しでもミハルのいる方角の音を聞き取りたがって、頭の上の獣耳が勝手に館のほうに向いてしまう。

ミハルがいるはずの館を遠目に眺めながら、アレクセイは苦笑いを浮かべる。

あの子と出会ったあと、目的地がルサークだと知って一緒に連れて戻り、コンラートに生活の世話を頼んだ。店を出す支援をしたせいか、礼をしたいというミハルからの伝言や手紙も届けられたが、アレクセイはわざと返事をせず、必要以上に関わることを避けていた。

だがもうそのときにはすでに、あえて避けなければと思うほどに、あの子のことが気にかかっていたのだ。

開店時に、一度だけ……と自分に言い聞かせ、アレクセイはミハルの店を訪れた。そうして、一度顔を見たらまた訪れずにはいられなくなり——いまでは、一日一度はあの子の顔を見ないと落ち着かず、パン屋に行かせた使いの者にもミハルの様子を訊ねる始末だ。

山積みの問題の他にもあれこれと気がかりがあるアレクセイにとって、ミハルの存在は大きな癒しとなっていた。

あの子にはまだ伝えていないが、アレクセイには王族として生まれながらに課せられた責務がある。自由でいられる時間は、あと二か月半しか残されていない。

（……もし頼んだら、戻るまでの間、ミハルは待っていてくれるだろうか……）

国の治安を維持し、民の幸福を守る。王位を継ぐ者として、軍の将軍代理として、考えるべきこともすべきことも山ほどあるはずだ。

それなのに、いま、アレクセイの心の中のほとんどを占めているのは、いま頃小さな手でせっせとパイ生地を捏ねているであろう、ミハルのことだけだった。

＊

午前中にはすべてのパンを店に並べる必要があるため、パン職人の朝は早い。

今日もミハルは、夜明けとともに眠い目をこすって自然と起き出した。

身支度をして急ぎ気味に階段を下りていくと、広い食堂では、すでに起きていたジェミヤンがミハルのために朝食の準備をしてくれていた。

「おはようございます、ミハル様」

「おはようジェミヤン」

アレクセイに安全なところに住んでほしいと強く求められ、躊躇いながらも彼が用意してくれたバーゼル卿の屋敷に移り住んで、今日で十日目だ。

ミハルの暮らしは、それまでとはがらりと変化していた。

朝が早いので、いつも前の日の残り物と決めていた朝食は、ジェミヤンがミハルよりも先に起きて用意してくれるようになった。ミハルが店で焼いて持ち帰ったパンに、卵とベーコンを焼いたものの、そしてミルクをたっぷりと入れた紅茶と、旬の果物という豪華さだ。

　この館に住んだ最初の頃は、心苦しいから自分に合わせて早起きしなくていいと頼み、ジェミヤンを困惑させてしまった。

『早起きなど構いません。何時にでも起きます。私はミハル様のためにこのお屋敷に呼ばれた身なのですから』どうか仕事をさせてください、と懇願《こんがん》され、彼の立場を台無しにしてしまったことを反省した。ジェミヤンだけという約束で、いまでは甘えさせてもらっている。

　彼は寡黙だけれど真面目な働き者で、ミハルが好きなものや苦手なものなどを知ると、二度と忘れない。有能なコンラートのところで働いていただけあって、よく気がつくし、頭の回転も早い。自分にはもったいないほどよく尽くしてくれて、日々感謝している。

　早めの朝食が終わると、今度は料理人が起きてくる前に、屋敷の広い厨房の一部を使わせてもらい、ミハルは店のパンの仕込みを始める。前夜、粉に残し種とぬるま湯を足して発酵させておいた生地を、心を込めてせっせと捏ねる。パンの種が完成したあとはジェミヤンにも手伝ってもらい、ふたりがかりで大量の生地をいくつかの入れ物に分ける。入れ物に布をかけて温度を一定に保ちつつ、大きな布で纏めて包み、馬車の座席に積み込む。

　その頃には、軍服に着替えたアレクセイが起きてくる。「おはようミハル。いま出るところか」と、彼はいつも、まだ少し眠そうな顔で声をかけてくれる。

　彼も一緒にこの館に住むと聞いたときは驚いた。だがそれ以来、本当に毎日、アレクセイはこの館に帰ってくる。信じ難い嬉しさと、夢かもしれないという半信半疑の気持ちで、最初の朝は、起きてきたアレクセイを見てミハルは目を疑ってしまった。

そんなアレクセイは、どうやら、朝は自分に会うためだけにこれまでよりも早く起きてくれているらしい。コンラートから『アレクセイ様は本来、朝が苦手なのですが』とこっそり聞かされたミハルは、なんともいえないくすぐったさを感じた。

「おはようございます、アレクセイ様。店に行ってきますね」

急いで店に行かなくてはならないので、朝は挨拶しかする暇がない。残念だけれど、彼と顔を合わせられるだけでも嬉しい。ミハルは笑顔で手を振り、これから朝食をとるアレクセイに見送られて館を出る。

移動に使うのはいつもの荷馬車ではなく、別の馬車だ。狙われることのないようにと華美な造りではないけれど性能は良く、少々ガタがきているミハルの古い荷馬車に比べるとずっと速く店に着けるのがありがたい。御者席には、館の警備をするアレクセイの部下のうちのひとりが交代で乗ってくれる。

店に着くとミハルはすぐパン焼き窯に火を入れる。パン種を分けて形成しながら、窯の温度が上がり次第、次々と焼いていく。

バーゼル卿の館に住まわせてもらうと決まったあと、いちばんの問題は、パン屋の仕事が夜明けとともに始まることだった。

パン屋は、早朝から仕込みを始めてパンを焼き上げ、本来なら日の出の頃には店を開けなくてはならない。もし朝食に間に合わないなら、どんなに美味しいパン屋でも、あっという間に潰れてしまうだろう。

だが、店に住み続けるのは危険だというアレクセイの言い分もよくわかった。捕まった侵入者の仲間がミハルの店を逆恨みしていないとも言い切れないからだ。

そうして話し合いの末、アレクセイの提案で、妥協点が見つかった。パンの生地作りまでを館の厨房でさせてもらうことにしたのだ。バーゼル邸から店までは、馬車で三十分足らずの距離だ。その間はなるべくパン種の温度を変えずに寝かせることで、味を落とさずに済むとわかった。

更に今後は、館から店までの道程をひとりで移動することは固く禁じられ、必ず彼の部下が馬車で送り迎えをしてくれるという。酷く過保護な状況だが『せめて侵入者の仲間が全員捕まるまでの間だけでも』と、助けてくれたアレクセイに強く頼まれては断れなかった。

彼はミハルの希望を最大限尊重しながら、危険のない生活ができるように準備を整えてくれた。アレクセイと毎日必ず会えるという魅力にも抗えず、ミハルは彼が用意してくれた家に僅かな荷物とともに引っ越すことを決めたのだった。

残った唯一の心配事は、しばらくの間閉めることになった店のことだった。

壊れてしまった店内の修理は急ぎで進めてもらえたが、鍵の修理やミハル自身の引っ越しなどに時間がかかり、店を再開するまでは結局一週間ほど経ってしまった。

侵入事件のせいで突然休むことになり、近日中に開けるとレナータに伝え張り紙もしてもらっていたものの、もうお客さんが来てくれないのでは……と、ミハルは不安でいっぱいだった。

だが、その心配も杞憂《きゆう》に終わった。

再開店の朝、バーゼル邸から出勤し、久し振りに店を開けたミハルの目に映ったのは、店の前に集まった町の人たちの姿だったのだ。

しかも誰もが銀貨を握り締めている――ミハルが焼いたパンを買うために。

「お帰り、ミハル！　また店を開けてくれて良かったわ！」

「怖い思いをしたなぁ、可哀想に」

「待ってたわ、ここのパンがいちばん美味しいのよ」

皆が口々に言いながら、パンを買い、あれこれとお見舞いの品まで置いていってくれる。

店の再開を待っていてくれた町の人々の笑顔を見て、ミハルは涙を堪えるのに必死だった。

毎日、パンを売り切り、夕方までにはまたバーゼル邸に戻る。

会食や晩餐会などの所用が入らない限り、アレクセイも館で一緒に夕食をとることが多い。彼とゆっくり話す時間が取れるこの時間は、ミハルにとって至福のときだ。

まだ少し慣れないのは、この館に移り住んでからというもの、ミハルが眠るまでの間、彼がいつも部屋に来てそばについていてくれることだ。

それは『あの事件のあとでは不安だろう』という気遣いからの行動らしい。なにか書類を読んだり書き物をしたりしながらも、ミハルが寝台に入って寝つくまで、アレクセイはそばにいてくれる。

もう二十歳なのだから、当然寝かしつけなどされなくてもひとりで眠れる。最初はそう言ったけれど、彼はどうも侵入者の事件にまだミハルがショックを受けていると思い込んでいるらしい。

あまりに大切に守ってくれようとするアレクセイに、頑なに断る言葉は出てこなかった。

今夜もミハルが早々に寝台に入ると、彼はすぐそばの椅子に腰を下ろし、なにか報告書のようなものを読んでいる。

ミハルの視線に気づくと「眠れないのか？」気遣うように言い、報告書をサイドテーブルの上に置いて、手を握ったり髪を撫でたりしてくれる。

恋人にというよりは子供に対するような仕草で少々複雑だったが、それでも嬉しかった。

大きな手の温かさや優しい眼差しにどきどきしながら、幸福な時間を堪能する。

彼に心を尽くして構われると、心地好さに蕩けそうになる。

眠ってこの時間が終わってしまうのがもったいない。けれど、彼はミハルが眠らない限り、自分の部屋に戻らない。そう気づいてからは、できるだけ早めに寝たふりをするようになった。

この館に来てから、まるで、毎日雲の上を歩いているような日々が続いている。

(……こんなに幸せで、いいのかな……?)

無理はしないで、と言いながらも、心の底では彼が店に来てくれることを待っていた。休日に連れ出してくれるのも信じられないくらい嬉しくて、だからこそ、もっと一緒にいたいと思うことは、叶わぬ夢だと諦めていた。

アレクセイは個人的な時間を割いて、できる限りの時間をミハルと過ごそうと努めてくれているのがわかる。

一国の王太子である彼が、自分にだけ特別な顔を見せてくれる。

ただのパン職人でしかない自分を気にかけて、たびたび店に顔を出してくれているだけでもじゅうぶんだと思っていたのに、まさか、彼と一緒に暮らせるだなんて。

盗賊団が捕まったら、この館に置いてもらう必要もなくなる。だからこれは、束の間の暮らしだとよくわかっている。

それまでの間だけでいいから、アレクセイのいちばんそばにいられる幸福を噛み締めていたい――。

彼のそばにいる間だけ、ミハルはずっと抱えてきた不安を忘れられた。

ある夜、いつものように寝かしつけに来てくれたアレクセイは、珍しく難しい顔をしていた。

夕食後にコンラートが訪れ、なにかを報告していったようだが、その件が気がかりなのかもしれない。

彼にまだ仕事がありそうな状況を察し、ミハルはそそくさと早めに寝台に入る。

「今日は早いな、もう眠るのか？」

訊ねられて「はい、えっと、今日はニーナとマルクが来てくれて、たくさん遊びに付き合ったので、ちょっと疲れたみたいで……」と誤魔化すように答える。

金物屋夫妻の子供たちは五歳と四歳の姉弟で、元気いっぱいだ。二人はミハルにもよく懐いてくれている。

そのことをすでに知っているアレクセイは、そうか、大変だったな、と小さく笑う。寝台に入ったミハルのために、アレクセイが蠟燭の火を消す。

ずっとここにいてほしかったけれど、眠る前に来てくれただけでもじゅうぶんだ。彼が安心して自分の部屋に戻れるように、目を閉じて、ミハルは深い呼吸を繰り返す。

眠ったと思ったのか、髪を優しく撫でる手を感じた。

額にそっとキスを落として、おやすみ、と囁いてから、アレクセイが部屋を出ていく気配がする。

(……もしかして、なにかあったんだろうか……)

ひとりになると、薄闇の中で小さく目を開けて、ミハルはぼんやりと考える。

彼と一緒に住むようになってから、ミハルはあることに気づいた。

誰もがアレクセイに殊更に気を使っている。軍の部下たちはもちろんのこと、館の持ち主であるバーゼル卿も、地位と財産のあるコンラートの父も。

もちろん、王太子だから当然のことだ。そう思いはするけれど、どうしてだろう、その中にはどこか、身分を理由にしたものではない類《たぐい》の気遣いも交ざっている気がするのだ。

皆が彼に、同情、憐憫――負い目にも似た思いを抱いているような。

だが、どう考えてもアレクセイに他者から憐れまれる必要などない。彼はなにもかもを持っている。美しい容貌に健康な躰、見事な剣の腕前。周りには忠誠を誓う有能な部下たちがいて、王となる未来を嘱望《しょくぼう》されている身なのだから――。

（いったい、なぜなんだろう……）

疑問に思うけれど、そんな曖昧《あいまい》な感覚を誰かに訊ねるわけにもいかない。ましてや本人になど、訊けるはずもなかった。

幸福すぎる日々に一点だけついた黒いシミのような疑問から、ミハルはそっと目を逸らした。

＊

バーゼル邸に引っ越しをしてから一か月ほどが経った。

ミハルがパン屋を閉じていつものように館に戻ると、ちょうど来客たちが帰るところに出くわした。入り口から出てきた人々は、神職の白い衣服を纏っている。胸章を見るに、どうやら王家の教会に仕える司教と、そのお付きの者たちらしいとわかった。

馬車を降りたミハルは慌てて足を止め、彼らに道を譲る。持って帰ったパンの紙袋を抱えたまま、ぺこりと頭を下げた。

先方も軽く会釈《えしゃく》をし、待たせていた馬車に乗って帰っていく。

（なんだか最近、お客様が多いなあ……）

城の方角へ帰っていく馬車を見送りながら、ミハルは思う。

ここのところ、アレクセイの元にはやたらと来客が訪れるようになっていた。

多くは、いまのような教会からの使いだ。他には、友人らしい同年代の貴族たちも時折やってくる。

誰かが訪れるたびに、アレクセイは部屋に籠もり、彼らと静かに話し込む。なぜなのか、客たちは揃ってどこか暗い表情をしているのが気がかりだった。

届いた手紙を読んで、彼が眉を顰《ひそ》めて考え込んでいるときもある。

朝儀が始まるずいぶん前に出かけることも増えてきて、そのときは、城の教会に赴いたあと、親族や軍の部下との会合を持っているのだとコンラートから聞いた。

日が過ぎるにつれ、アレクセイは憂いを帯びた表情を見せることが増えた気がした。

（……もしかしたら、なにか困るような事態が起きているのだろうか……）

アレクセイの表情が曇るのを見るのは悲しいが、平民の自分が彼に仕事のことを訊ねていいものか悩む。

自分と過ごす時間には、彼は変わりない態度を見せる。だから聞けずにいるけれど、ミハルは彼のことが心配でたまらなかった。

季節はじょじょに移り変わっていく。少しずつ寒さが増し、樹木が葉を落として、早朝にはパン屋の前の水たまりが凍ることも多くなった。

そんな初冬のある日、パン屋から戻ったミハルは、ふたたび館を訪れた王家の教会の者が帰るところに遭遇した。

衣装に付けた胸章から、今日は司教より更に上の階級の主教だとわかって緊張する。

珍しく、アレクセイも入り口まで見送りに来ている。邪魔にならないよう、ミハルはそっと降りた馬車の脇に控え、彼らが帰るのを待とうとした。

すると、別れ際に、主教が気になることを口にした。

「殿下におかれましては、儀式の日までお心安らかに過ごされますように」

そうアレクセイに告げ、厳かに一礼をしてから帰っていく。

あと一か月ほどで年が明けるが、ルサーク王国で特別になにかの儀式をするような話は聞かない。主教が言うからには、宗教関係の儀式のことだろうけれど。

(儀式って、いったいなんのことだろう……?)

この国では、建国した日と国王の誕生日は、国を挙げての祝祭として盛大に祝う。新年の訪れは、家族や友人といった身内でささやかに集まる程度のはずなのだが——。

疑問に思ってそっとアレクセイの様子を窺うと、彼はやはりどこか苦い表情で彼らを見送っている。

ミハルの中で、得体の知れない不安が増していく気がした。

その夜、夕食をとり終えて部屋に戻ったあと、ミハルは思い切ってアレクセイの部屋を訊ねた。

扉を開けてくれた彼は、「ミハルから私の部屋に来るのは初めてだな」と目を丸くしている。

普段は湯浴みを済ませ、寝台に入る頃合いを見計らい、いつも彼のほうから部屋に来てくれるから、こちらから出向く必要はない。しかし、今日はどうしても、それまで待っていることができなかったのだ。

アレクセイは「そろそろそちらに行くつもりでいたんだが」と不思議そうにしつつも、快く迎え入れてくれた。

初めて入った彼の部屋は、ミハルが使わせてもらっている部屋より広い。寝台の大きさや内装は同じだけれど、家でも仕事ができるようにか、大きめの執務机が用意されている。応接用の椅子も六人は座れるどっしりとしたものが置かれていた。

長椅子を勧められ、ミハルは大きな長椅子の端にちょこんと座る。彼はその斜め向かいの一人がけに腰を下ろした。

「なにかあったのか？」

水を向けられて、いざ、訊ねようとした。だが彼の顔を見ると、喉が詰まったようになって、言葉が出なくなる。

（どうしよう……こんなこと、訊いてもいいのかな……）

アレクセイの厚意に甘えて立派なこの館に住まわせてもらい、安全な暮らしを与えてもらっている。ただそれだけで、家族でもない立場の自分が、王太子である彼の事情に首など突っ込んでもいいのだろうか――。

（興味本位じゃない……僕は、アレクセイ様のことが心配だから……）

緊張しているミハルの様子に気づいたのか、アレクセイがふいに笑みを消す。ややこちらに身を乗り出して、真剣に話を聞く体勢を取ってくれる。

「いったいどうした？　店でなにか困ったことでもあったのか？」

「そ、そうではないんです、店はいつも通りで、問題はありません」

ミハルが慌てて言うと「だったらなんだ？　話してくれ」と目を合わせて促される。

膝の上で結んだ握り拳をぎゅっと固める。

「僕、お訊きしたいことがあるんです」

決意すると、ミハルは口を開いた。

ここのところの暗い顔の来客や手紙から、もしかして彼にとって嬉しくないなにかが起きているのではないかと不安に思っていること、主教が言っていた『儀式』という言葉を偶然聞いてしまったことなど、溜まっていた疑問をすべてぶつけてみた。

彼は少しだけ考える様子を見せたあと「心配させてすまなかった」と困ったような顔で笑った。

「来客や手紙は、これまでは城のほうに来ていたが、ここのところ私はほぼこの館に住んでいるからな。そのせいで、ミハルを不安にさせてしまったようだ」

それから彼は、ミハルの疑問にすべて答えてくれた。

「実は……ミハルにはまだ伝えていなかったが、もうじき来る年が変わる日に、我が王家ではある儀式が行われる予定がある。百年に一度、一年をかけて行う『国護《くにまも》りの儀式』という特別な儀式だ」

「国護りの儀式、ですか……？」

初めて聞く話だ。ミハルが首を傾げると、ああ、とアレクセイは頷く。

「主教様たちが来る理由は……事前に、その儀式の心構えを私に説くためだ」

届けられる手紙は、王室の関係者や貴族たちからの激励や労《いたわ》りの手紙だそうで、主にはその儀式に向かうアレクセイへの感謝の気持ちが記されているものばかりだそうだ。

一年をかけて行う儀式――ずいぶんと大がかりな気がするが、両親から聞いた覚えはない気がする。

「アレクセイ様が参加される儀式なのですね。いったい、どんな儀式なのですか？」

なにげなく訊ねたミハルに彼が説明してくれたのは、呑気《のんき》に訊いたことを後悔するような、驚くべき因習だった。

ルサーク王国には、古くから王族の者に現れる、ある〝しるし〟が存在する。

狼獣人である王家直系の者は、半獣の姿で生まれ、成長すると自在に狼の姿をとれるようになる。

その中に、ごく稀《まれ》に、体毛に銀髪が交じる者がいるのだ。

それが〝しるし〟だ。

「百年に一度の儀式に臨むための〝しるし〟が現れた者が、今世では王太子の私だった、ということだ」

アレクセイは穏やかに話す。

百年前に役目を果たしたという曾祖父の次に、その〝しるし〟が現れたのが、彼だった。

彼の漆黒の髪の一部には、確かに銀色の一房がある。これは、狼の姿になると、更にくっきりと喉元に現れるそうだ。

そして――その〝しるし〟を持つ者には使命がある。

王城が建つ山の裏手は、王家所有の広大な深い森だ。その中腹には、自然の深くて大きな洞穴があり、聖なる宮として祈りを捧げる儀式の場となっているという。

百年に一度、生まれる〝しるし〟を持つ者は、国から災厄を払い、繁栄を祈るためにその宮に籠もり、一年の間、祈りを捧げる役目を授かるのだそうだ。

王家の人間が丸一年、世俗との関わりを絶って、自ら山中の深い穴に籠もる――。

（そのせいだったんだ……）

「珍しく、あれこれと客が来るのは、もうじき始まるその儀式の間は誰にも会うことができなくなるからだ。落ち着かなくてすまないな」

アレクセイに謝られて、ミハルは慌てて首を横に振る。

予想外の話に驚きすぎて、なにを言っていいのかわからない。

だが、記憶の中を探ってみると、ずっと以前に父母が『昔々、一族の長《おさ》が、ある儀式の最中に死にかけていた獣の王を助けた』と話していたことを思い出した。

落盤が起きて洞穴から出られなくなった王を、一族だけが知る秘密の道に導き、特別なその血を与えて救ったのだ、と――。

王は酷い状態で、助けるのに長も命を落としかけた。なんとかふたりとも生き延びたが、その功績から長は王に引き立てられることになり、一族は繁栄したと言っていた気がする。

（……まさか、あの儀式というのが、アレクセイ様が赴く『国護りの儀式』のことなのだとしたら――？）

その事実に思い至り、ミハルはすうっと背筋が冷たくなるのを感じた。

「でも……洞穴に籠もるなんて、危険があるのでは……？」

思わず訊ねると、その質問に苦笑して、アレクセイが胸の前で腕組みをする。

「そうだな。危険がかけらもない、とは言い切れない」

表立っては明かされていないが、密かに残された儀式に関する歴史書によると、百年ごとに続けられてきた儀式では、ときに籠もっている間に事故で命を落としたり、または孤独に耐え切れず、儀式が開けるまでの間に気が狂ったりする者もいたという。

更に古くには、儀式の間に戦争が起きて、洞穴の中にいた〝しるし〟を持つ王族は、敵国に生きたまま埋められたという悲惨な出来事もあったそうだ。

それからは、儀式に赴く者を守るため、王城の裏の森は聖域として民の立ち入りが禁じられた。籠もるための聖なる宮の場所も極秘とされて、具体的なその位置は、管理を任されている主教と、それからごくわずかな王室関係者以外には伝えられなくなったのだという。

「ど、どうして、そんな恐ろしい儀式を、いまも続けているのですか……？」

思わずミハルが訊ねると、アレクセイはどこか面白そうに小さく笑った。

「王家の中にも、ミハルのように、これが悪しき因習だと言い切る者もいる。誰も止めようと言い出せないのは、〝しるし〟を持った王族が一年、しきたりを守って表に姿を見せず籠もり切れば、それからの百年は大きな災厄に見舞われずに済んできたという表の歴史があるからだろう。実際には、儀式の最中に戦争が起き、多くの民が命を落としている。敵国に生き埋めにされた〝しるし〟を持った王族については、『尊い犠牲』とされた。結果的に戦に勝利してしまったせいだろうな……この勝利は儀式のおかげだ、ということになり、効果のない儀式は子孫に引き継がれてしまったようだ」

想像よりも酷い話に、ミハルは愕然とした。

「犠牲のことは表の歴史書に残されず、なにが起きたとしても、一年が明けたのちには滞りなく儀式が終わり、平和に貢献したことにされているだけだ。だが、いまから振り返れば、形骸化《けいがいか》されたこの儀式には、なんの効果もないに等しいとわかる」

彼は淡々とした様子で言う。だから、アレクセイとその周囲の人々は、儀式の必要性を強く疑問視している者が多くいるそうだ。

「私は、王家の長老たちや主教様には〝これから百年に亘る国の平和のために〟と繰り返し言われて育ってきた。ここまで国が栄えたのは、この儀式のおかげだと心から信じている者もごく少数いるのだろう。だから、国王もやめるという決断ができない。しかし、正直に言えば、ひとりの王族の一年間の自由を捧げることくらいで、本当に一国の平和を守れると思っているのかと訊きたくなるな」

狼狽えるミハルとは逆に、彼はどこか達観したように話す。

「だ、だったら、儀式なんて行かなくてもよいのでは……？」

一瞬希望を抱きかけてそう言ったが、彼の考えはそうではなかった。

彼は冷静な様子で「無駄だとわかっていても、儀式には行く。もうそれは決めたことだ」と言う。効果がないという言葉とは裏腹に、どうしてなのか、アレクセイはすでに儀式に赴く覚悟を決めているようだ。

その考えは、とても立派なものだと思う。

だが、彼が一年もの間、因習化されたしきたりのために洞穴に籠もらなければならないという事実に、ミハルは激しく動揺していた。

「ミハル、そんなに心配しなくても大丈夫だ」

不安のあまり血の気が引いて、顔色が青くなっているのだろう、アレクセイが気遣うようにミハルの肩に触れてくる。

「不幸な事故が起きたのは、何百年も昔のことだ。いまは周辺国とは和平を結んでいるし、戦争が起きる要素もない。私の前に〝しるし〟の現れた曾祖父も、その前の祖先も、無事につとめを果たして立派な王となった。私も必ず何事もなく戻ってくる」

戸惑うミハルを安心させるみたいに、彼が優しく話す。

だが、どんなに大丈夫と言われても、安心だとは到底思えない。

儀式のことを聞いて、やっと、どうしてすべてに恵まれた彼に、皆がどこか後ろめたさを感じさせる態度をとるのかがわかった気がした。

アレクセイは、これから一年間、祈りを捧げて暮らすことになる。

国のために自由を失う彼に、誰もが腫れ物に触るような態度になるのも、納得できた。

おそらくは、王家の中で、純粋に儀式の必要性を信じたうえで、彼に犠牲を強いる者はわずかなのではないか。

きっとミハルと同じように疑問を覚える者も多く、彼らは因習を担わされる王太子に強い負い目を感じているのだろう。

それでも、たとえ半信半疑ながらでも、「やめよう」と言い出せる者は誰もいないのだ。

「確かに、一年は長い。だから、万が一のために手はずは整えている。なにが起きても安全に乗り切れるよう時間をかけて準備をしてきた。私は必ず無事に儀式を終えて、ここへ戻ってくる」

アレクセイが優しくミハルの肩を抱いて言う。

なにか言いたいのに、うまく言葉が出てこない。

ただ、わかっているのは、「行かないでほしい」という自分の強い思いだけだ。

アレクセイは混乱しているミハルを部屋まで送り、いつものように眠るまでそばにいてくれた。

なかなか寝つけずにいると、心配した彼が「儀式の話で怖がらせてしまったな。心配はいらないから、眠ってくれ」とすまなそうに言う。アレクセイは隣に横たわってミハルを抱き寄せ、寝かしつけてくれようとする。

いつもならすぐに眠りに落ちるほど安堵できる彼の腕の中でも、眠りは訪れなかった。


どんなに安心しろと言われても「じゃあお気をつけて」と笑顔で送り出せるものではなかった。

数日考えた末にミハルは、館を訪れたコンラートがアレクセイの部屋に行く途中のところを摑まえた。

『国護りの儀式』には、本当に危険はないのかとそっと訊ねると、彼は「アレクセイ様から聞いたのですね」とやや驚いた顔をしてから微笑んだ。

「大丈夫ですよ、万全を期して、いまあらゆる用意をしているところです」

「で、でも……過去には、亡くなった王族のかたもいるのでしょう?」

さらりと流されかけ、切羽詰《せっぱつ》まってミハルが訊ねると、彼は虚を突かれたようにかすかな動揺を見せる。その表情で、コンラートも不安なのだ、とわかってしまった。

彼はアレクセイの部屋のほうを窺うようにしてから、声を潜めて言った。

「付き添いが許されるものならご一緒するのですが、洞穴にはひとりだけで入ることが決まっているんです」

コンラートは苦い顔で言う。

「ですが、三か月に一度、聖なる宮に食料や生活に必要な物資を補充するため運び込む係の者がいますので、なんとか私がそのうちのひとりになれないかと、いま儀式を執り行う司教に頼み込んでいるところなんです」

いちばんアレクセイに近いところにいる彼にも、それ以外、どうすることもできないのだ。

アレクセイの世話になっているだけの自分になにかできるはずもない。

情けなさと不安でうつむくと、コンラートが「ミハル」と名を呼んだ。

顔を上げると、彼の蒼く澄んだ瞳と目が合う。コンラートはまっすぐな目でミハルを見つめて言った。

「儀式の準備は、私たちが万全に整えます。ですからあなたは、残りの日々をアレクセイ様が少しでも心穏やかに過ごせるように寄り添ってあげてください」

それは、他の誰にもできないことだから、と頼まれる。

儀式が安全だという保障があるのなら、自分だってそうしたい。だが、ミハルは、ただただ、アレクセイのことが心配でたまらなかった。

思い詰めた挙句、ミハルは部屋に来てくれたアレクセイに、どうにかして行くのをやめてもらえないかと頼んでみた。

すると「ミハルは心配性だな」と言って苦笑した彼は、不安を払拭するために、儀式のことを詳しく説明してくれた。

一年の最後の日の夜、日付の変わる時刻に、主教たちに見送られて城の裏山の深い洞穴に入る。そこから出てくるのは丸一年後だ。

その間はずっと獣の姿をとり、聖なる宮から出ずに過ごすこととされている。広大な山はすべてが王家所有の森で、儀式が行われる年には王族の狩りも禁じられる。関係者以外は立ち入ることのない自然の山だから、普段、宮の周辺には誰かが来ることもない。

洞穴の中には、綺麗な湧水が流れている。食料も豊富に用意されているし、その後も宮の中の決められた場所に補充されることになっている。万が一のときには狩りをすることだってできるから、飢える心配もないという。

「狼の姿でいるほうが、万が一の危機を察知できる。それに……聖なる宮の入り口を塞ぐ扉からは出ないというしきたりになっているが、ここだけの話ではあるが、鍵を壊せば開けられないわけではない。不測の事態が起きたときは、抜け出すことも可能なんだ」

だから、なにも心配はいらない、と彼は心配するミハルの頭を撫で、知りたいことすべてに答えてくれた。

それでも、不安が消えるわけはない。

——儀式の日までは、まだ一か月ある。

だが、彼が行ってしまうまで、たった一か月しかないのだ。

そう考えると、居ても立ってもいられなくなった。

事情を聞いたその翌日から、ミハルはアレクセイから離れるのが恐くなった。

朝は、パン屋の開店時間があるから離れざるを得ないけれど、夜は彼が自分の部屋に戻ってしまうのが不安でなかなか眠れず、このところはいつも睡眠不足だ。

状況が変わり、唐突に出発してしまうのではないかと思うと心配で、館にいる間中、彼の姿を目で追っている始末だ。

「まるで私を親と間違えた雛のようだな？」と笑い、アレクセイは苦笑して許してくれているが、使用人たちは皆目を丸くしている。今日も、「ミハル様、どうなさったのですか？」とジェミヤンに心配そうに訊かれてしまったが、なりふり構っていられるだけの余裕がない。

大人だと言い張ってきたが、子供に見える外見と同じように、自分の中身は成長し切っていないのかもしれない。父とマリカを続けざまに失い、今度は優しいアレクセイを失うことを恐れている。彼が死んでしまうと決まっているわけではないのに。

あまりの動揺っぷりに、館を訪れたコンラートからはそっと教会を紹介され、悩みを相談することを勧められてしまう始末だ。

だが、大切な人を危険な場所に一年も行かせる心づもりなど、誰に訊ねても教えてくれそうにはない。

そもそも、自分の気持ちが落ち着けばいいという問題ではない。もし教会に行って、アレクセイを止める方法を教えてくれるというのなら、いくらでも行くのだけれど。

切実な気持ちで、ミハルは彼を行かせずに済む方法がないかを探していた。

（いったい、どうしたらいいのか……）

さんざん思い悩んだ末に、誰に頼めばこの儀式を止められるのかを訊いてみると、アレクセイはあっさりと答えた。

「私自身が行かない、と言えば、おそらく無理強いはされないだろうな」

「じゃ、じゃあ……！」

意外な話にミハルは目を輝かせる。

しかし彼は「だが、申し出ることはしないよ」と言い切った。

「これは、私が生まれたときからすでに決められていた儀式だ。成長して、そのしきたりを疑問に思ったときには、もう遅かった。もし、突然私だけの意向で儀式を中止すれば、事は王家の問題だけではない。国を守ろうとしない王家が、国民からの信用を失墜することは免《まぬが》れないだろう」

アレクセイは静かに言う。

「王家の威厳を揺るぎなく保つためには、民に対し、『国の安寧を守るため、王家は名目上の尊い犠牲を出した』という事実が必要なんだ」

彼は、王族として生まれた者の責任や重荷を悟った目をしている。

止められるかも、という希望を失って項垂れるミハルに、困ったように彼が言う。

「義務を拒めば、無理強いはされなくとも議会で猛反対が起きることは確実だ。信心深い民によって王家への反乱が起きる可能性もある。そして、まず間違いなく、義務を果たさなかった私を、王太子の座から引きずり降ろそうという動きが出るはずだ」

アレクセイの説明に、ミハルは唇を噛む。

「そんなに悲しそうな顔をしないでくれ」と言って、アレクセイはミハルの頭を優しく撫でた。

「私は、王太子の座を降りるわけにはいかない。まだすべきことがあるから」

なにをどう言っても、どんなに必死で懇願したとしても、アレクセイの決意は揺らがない。

彼を止めることはできないのだとわかり、ミハルは絶望を感じた。

＊

刻々と日々は過ぎていく。

焦燥感に駆られるミハルを置き去りにしたまま、無情にも儀式の日がやってきてしまった。

一年の最後の日には、町の店もほとんどが休みになる。

そして、今日の日付が変わる頃、アレクセイは〝しるし〟を持つ者の責務を果たしに行ってしまうのだ。

今日からミハルのパン屋も休みだ。前夜から、夜が明けなければいいのにと祈っていたミハルは、館の部屋で目覚めたときから沈み切っていた。

アレクセイは城で行う予定だった晩餐会を辞退し、ここ数日の夜は来客も断って静かに過ごしている。

少し早めな最後の夕食には、料理人が腕を振るった様々なご馳走が用意された。すべて、アレクセイの好物だ。

普段なら、目を輝かせて食べたであろう美味しそうな料理も、ミハルはほとんど喉を通らなかった。

「どうした、食欲がないのか？　食べたいものがなければ、なにか違うものを作らせるが」

「い、いいえ、大丈夫です。とっても美味しそう！」

アレクセイに心配をかけてしまい、無理に明るく振る舞ってなんとか口に運んではみたものの、いつもの半分の量も食べられなかった。使用人に普段の夕食では飲まない葡萄酒をグラスに注いでもらい、ミハルは不安な気持ちを紛らわせようとした。

せめてこの場で暗い顔だけはしないようにと笑顔を作る。アレクセイがこちらを気にかけていることがわかったが、泣かないよう、なんとか平静を装うだけでせいいっぱいだった。

もう彼が儀式に赴くためのすべての準備は済んでいる。

あとは迎えの使者がやってくるのを待つだけだ。

どうにもならないとわかっていても、顔を合わせていると、余計な願いが口をついて出てしまいそうになる。心を決めている彼に、今更心労をかけてはいけない。

そう考えて、食事が済むと、ミハルは早々と自室に戻った。

ひとりになって、寝台に潜り込む。扉がノックされる音にびくりとした。夕食後には、呼ばない限り使用人が部屋に来ることはない。

顔を上げずとも、入ってきたのが誰なのかはわかった。

「――ミハル？」

寝台の上で毛布を被っているミハルにかけられた声は、アレクセイのものだ。

しばらくして寝台がかすかに軋《きし》み、気配が近くなる。彼がその端に腰かけたようだ。

「どこか、具合でも悪いのか？」

優しい声で訊ねられ、毛布の中でゆっくりと首を横に振る。

「……コンラートから、ミハルが不安がっているようだと聞いた。ジェミヤンも、最近ミハルが朝食をあまり食べない、と心配している。店に買い物に行ったイヴァンの家族も、最近ミハルの顔色が優れないことを気にしていたようだぞ」

どうした？　と毛布越しに肩の辺りに触れられる。言いたい言葉を伝えてはならないと思うと、なにも言葉が出てこない。

「顔を見せてくれないか」と頼まれたが、彼の顔を見たら我慢できず泣き出してしまいそうで、また首を横に振る。

「しかたがないな……では、こうしようか」

そんな声が聞こえたかと思うと、毛布の端が持ち上げられる。驚いて振り返ると、毛布を捲ってアレクセイが中に潜り込んできた。

彼は目を丸くするミハルの肩に手をかけ、自分のほうに引き寄せる。

被っていた毛布の中で向かい合う体勢になると、すでに半泣きの顔を隠せなくなってしまった。

背中に腕を回してきたアレクセイが、ミハルの目を覗き込む。

「……こんなに不安にさせるくらいなら、あまり詳しく話さないほうが良かったのかもしれないな」

と困り顔で笑う。

「本当に、そんなに心配する必要はないんだ」と言って、彼はミハルの目尻に浮いた涙を指先で拭った。

「何度も言っただろう？　私が不在の間も、これまで通りにこの館に住んでいてくれ。館の警護も店への送迎も、部下たちにしっかりと頼んである。なにも不安に思うことはない。私がいないという以外は、ミハルの暮らしはなにひとつ変わらないんだ」

ミハルは視線を伏せ、胸の前で手をぎゅっと握り締める。

自分の今後のことなど、いまはどうでもよかった。

——彼が、死んだ人もいるような危険な場所に行くこと。

しかも、一年もの長い間。

それが、ミハルにとってはなによりも大きな問題なのに、アレクセイはわかってくれない。

言いたいことを堪えているうち、次第に、喉の奥から込み上げるものを止められなくなった。

目の端から涙が溢れ、シーツの上に零れる。

「ああ、ミハル……泣いているのか」驚いたように肩を抱かれる。頤に手をかけられて、顔を上げさせられると、潤んだ目に弱り切ったアレクセイの顔が映る。

「そんなに悲しい顔をしないでくれ。それほど、私の不在を寂しいと思ってくれるのか？」

「さ、寂しくなんか、ありません……！」

強がりを言った途端、ぼろぼろと涙が零れて止まらなくなった。

大きな手がミハルの後頭部に回され、優しく頭を撫でてくれる。目元と頬の涙を唇で拭われ、額にキスをされる。

「大丈夫だ、たった一年のことだ。すぐに帰ってくる」と言われて、ミハルはどうしようもなく焦れた気持ちになった。

それは、命の保障のない一年なのに。

だが、アレクセイを説得するには、もう時間がない。

彼はミハルが変わりのない暮らしをすることを望んでいる。ならば、もうなにも言わずに、大人しく見送るべきだ。

そう思ったけれど、優しく背中を撫でられているうち、耐えられなくなる。最後に、この毛布の中でだけはと正直な気持ちを伝えた。

「……他の責務だったら、大人しくお帰りをお待ちします。でも、この儀式は……僕にはどうしても、アレクセイ様を笑顔で送り出すことはできそうにありません……」

言い切ると、堰《せき》を切ったみたいに想いが溢れ出す。

「おねがいだから、行かないで……僕にできることなら、なんでもします」

しゃくり上げながら、おずおずと彼の首に腕を回して必死で縋りつく。

アレクセイが背中を引き寄せて、優しく抱き締めてくれる。

「……そんなに、私に行ってほしくないか」

訊ねられ、しがみついたままでミハルはこくこくと頷く。

ミハル、と呼ばれておずおずと顔だけを上げる。

目が合うと、いつもかたち良く立っている彼の頭の上の獣耳が、ぴくんと揺れた。

彼はしばしの間、なにか悩んでいるようだった。もし行かないという選択をしてくれるのであれば、ミハルは本気でどんなことでもするつもりでいた。

「……あまり、時間がない」と言ってから、小さく息を吐いて、アレクセイはもう一度口を開いた。

「ミハル、真剣に訊きたい」

躰を離した彼が、間近から目を覗き込んでくる。

「もうわかっていると思うが……私は、君のことが好きだ」

突然告げられたことに驚き、目を瞠る。

「好きだから、休日をともに過ごしたいと思った。安全なところで暮らしてほしいとこの館に住まわせたのも、同じ理由だ」

やや緊張した面持ちで、間近から彼の漆黒の目がミハルをまっすぐに見つめてくる

「君は、私のことが好きか……？」

突然の問いかけに狼狽えながらも、ミハルは正直にこくりと頷く。

すぐに大きな手で頰を包まれる。

「言葉にして言ってくれ。私を、どう思っているのかを」

あまりにも真剣な眼差しで射貫かれて、ミハルは戸惑う。

想いを口にしたところで、儀式に向かう彼が翻意してくれるとは思えない。それでもいまは、気持ちを誤魔化したり、取り繕ったりするだけの余裕などない。ただ、正直な気持ちを伝えることしかミハルには思い浮かばなかった。

「……僕も、アレクセイ様のことが、……好き、です」

震える声で想いを口にしてみると、自らの気持ちを自分でもはっきりと自覚した。

なぜ、こんなにも彼のことだけが気になるのか。

初めは、助けてくれた彼に恩義を感じていただけだった。

でも、いまはそれだけではない。

どうしても、危険なところにアレクセイを送り出したくない。彼が酷い目に遭うことは耐えられない。もし、代われるものなら自分が代わりたいと思うほどに。

――それは彼が、自分にとって、誰よりも特別な人だからだ。

「好きだから……あなたが危ないところに行くのは、心が壊れてしまいそうなくらいに心配なんです」

涙を堪えながら気持ちを伝えた瞬間、痛いくらいに強く抱き締められていた。

「ああ、ミハル……！」

毛布の中で彼の腕に捕らわれて、唇を奪われる。

愛しげに唇を吸われて、躰中を甘い痺れが駆け巡った。

久し振りの口付けだった。水車小屋の近くの川辺で初めてキスをされた。だが、一緒に住むようになったあと、なぜかアレクセイがキスをしてくることはなくなっていたからだ。

もしかしたら、行かないでいてくれるのかもしれない。そんな淡い期待を胸に抱き、拙いながらもミハルは懸命に彼の情熱的な口付けに応えようとする。

溢れた涙を唇で吸い取られ、顔中にキスを落とされる。

アレクセイに抱き締められていると、もう二度とこの毛布の繭《まゆ》の中から出たくないというくらいにミハルは幸せを感じた。

ひとときの間、半ばうっとりとして彼の熱に溺《おぼ》れる。

しばらくして、彼がミハルを腕に抱いたままゆっくりと躰を起こす。毛布が捲れ、ミハルはアレクセイの膝の上に横抱きにされる格好になった。

彼が耳元に唇を寄せて囁く。

「……本当は、一年後、戻ってから言うつもりだった。だが、どうしてもいま、離れる前に伝えておきたい」

アレクセイはミハルの手を握り、真剣な顔で続ける。

「ミハル、私は責務を果たして必ず君のもとへ帰ってくる。だから、一年後に戻ってきたら……私と結婚してくれないか」

「……え……?」

一瞬、なにを言われたのかわからず、ミハルはぽかんとした。

(……結婚――結婚って?)

「仕事以外の時間は、気づくと君のことばかり考えている。いつの間にこんなに好きになっていたのかわからないほど、ミハルのことで頭がいっぱいなんだ。だから、誰にも傷つけられないように、大事に懐に入れて守ってやりたい」

「あ、あの、アレクセイ様」

「突然、こんなことを言って驚かせたかもしれない。しかし、これから先の人生を、君以外と過ごすことなど、もう考えられない。私は……君を、愛しているんだ」

どこか苦しそうに、だが、はっきりとアレクセイは告白した。

彼を危険のある儀式に行かせたくないと、ただそれだけを考えていたミハルは、あまりに突然の話に呆然とする。

アレクセイが言うには、〝しるし〟を持つ者は、一年間の国護りの儀式をまっとうしさえすれば、その後はどのような望みでも叶えられるという褒美を与えられるのだという。

過去には、三男だった者が望んで王位についたり、双子を愛した者が三人での結婚を望んで許されたりしたこともあったそうだ。

アレクセイには、まだ幼いが弟がいる。だから、跡継ぎの問題も心配はいらず、儀式を終えてから望むのなら、同性との婚姻も許されるはずだという。

「一年後、無事戻ったら、私は王にミハルとの結婚を願い出ようと思う――もし君が、私の求婚を受け入れてくれるのであれば、だが」

今後のことを話すアレクセイに、ミハルの胸にじわじわと喜びが溢れてくる。

彼が本気なのだとわかると、急に握られたままの手と触れている部分が熱く感じ始めた。

心臓が痛いくらいに鼓動を打ち始め、歓喜のあまりアレクセイに抱きついてしまいたいような、逆に手を振り解いていますぐ逃げ出したいような、混乱した気持ちに襲われる。

嬉しくないわけがない。

ミハルだってアレクセイのことが好きでたまらない。気づけばいつの間にか、身分違いの恋心を抱いてしまっていた。

その彼が、自分とずっと一緒にいたいと思ってくれるなら、そんな嬉しいことはない――。

生まれて初めて、秘密を打ち明けたいと思う人に出会えた。

彼なら、すべてを受け止めてくれるかもしれないと信じられる。

けれど、そんな希望が湧いてすぐ、目の前の現実を思い出して、気持ちが暗くなった。

そこに立ちはだかっているのは、恋愛や結婚以前の問題だ。一年後の幸福な未来の話ではなく――

いま、アレクセイに行かないでほしいのに。

歓喜と絶望の間で戸惑っているミハルを見て、アレクセイが声を潜めて言った。

「いまだけは、本音を話すが……ここだけの話だ。私だとて、望んで儀式に赴くわけではない」

ミハルはハッとした。

「これまでは、子孫のために、そして、王家の未来を変えるために、自分は行くべきなのだと自らに言い聞かせていた。理不尽なしきたりであってもどうにか納得してきたんだ。だが……愛する者ができたのに、その相手を置いて、国のために獣の姿で一年洞穴に籠もれと言われて、喜んで出向けるわけがない」

心の内を吐露《とろ》して、アレクセイは静かに目を伏せる。彼の本音を初めて聞けて、嬉しい反面、ミハルは激しい動揺を感じた。

「けれど、今更行かない、と言い出すことはできない。無理強いはされなくても、定められた責務を放棄しようとしたら、周囲の者も納得はしない。特に、私と馬が合わない叔父のピョートルは強く反論してくるだろう。場合によっては、最悪、弟王子が私の代わりに仕立て上げられて、〝しるし〟として髪の一部を染められ、強引に閉じ込められる可能性すらもある」

「そんな……」

彼の弟は、まだずいぶんと幼いはずだ。そんな子供を、まさか。

「だから、あらゆる意味で、私はこの儀式を終えなければならない……ミハル、君も含めた大切な者たち皆を守るためにだ」

断固として言い切るアレクセイは、すでに覚悟を決めている。

おそらく、〝しるし〟のある者として生まれてから、きっとミハルが思い悩んだ時間の何十倍、何百倍もの間、その必要性を考え続けてきたのだろう。

「その代わり……戻ってきて、王位を継いだあとは、私が時間をかけて周囲を説得する。王になれば、儀式に固執する者を追放することもできる。民にもこれから先の犠牲は不要だと訴えて、後世における儀式はなにを置いても廃止するつもりだ――次に〝しるし〟を持つ子孫が生まれる前に」

強い決意を秘めた目だった。

「私の代で必ず終わりにする。だから、私は行くよ」

誰にぶつけたらいいのかわからない悔しさで、ミハルの目から涙が溢れた。

アレクセイが行くのは、子孫を因習から救うためだった。

その事実を知ったあとでは、もう引き留められない。

これ以上なにかを言えば、行く以外の方法を選べない彼を苦しめるだけだとわかってしまった。

どんなに理不尽だとわかっていても、これ以上、我が儘を言ってはいけないのだ。

アレクセイが辛そうな目でミハルを見つめる。

「もし困ったことがあったら、コンラートに言えば必ず力になってくれる……すぐに戻ってくる。だから、どうか一年だけ、私のことを待っていてほしい」

そう懇願した彼が、握ったミハルの手を口元に持っていき、左手の薬指にそっと口付ける。

初めて好きになった人に、想いを返してもらえた。幸福の絶頂にいるはずなのに、幸せよりも胸を押し潰されそうな不安のほうが大きい。

まだ始まってもいないこれから先の一年が、途方もなく長い時間に思える。

もう自分にできることはなにもない。

いますべきなのは、彼が不安なく責務に赴けるように見送ることだけだ。

笑顔を作ろうと努力したけれど、どうしてもミハルはうまく笑うことができなかった。

「……っ」

それどころか、堪えようとしても、また新たな涙が目尻から零れてくる。それを、アレクセイが唇で吸い取ってくれる。

「ミハル……悲しませてすまない」

苦しげな囁きとともに、唇を彼の唇で塞がれた。

後頭部を大きな手で包まれ、唇を何度も啄まれてきつく吸われ、甘く噛まれる。

時間をかけて愛情を込めた口付けを何度もされているうちに、涙が止まり、頭がぼうっとしてくる。

「ん、ん」

開いた狭間に彼の長い舌が差し込まれて、ミハルの小さな舌に絡みついた。

アレクセイの熱い唇に捏ねられ、自分の唇がこんなにも敏感な場所だったことを、ミハルは初めて知った。

舌同士をねっとりと擦り合わされ、じゅくっと音を立てて吸われる。大人の口付けをされて、躰がじんわりと熱くなっていく。

そうしながらも、アレクセイの手はミハルの頭や耳、項をずっと撫でている。熱い手の感触が心地いい。くすぐったさと綯《な》い交《ま》ぜになった快感に、無意識にぶるっと震えが走る。

アレクセイはまだいつもの軍服のままだ。儀式に赴く前には身を清め、正装をすると聞いている。

まだ彼はここにいてくれる――必死の思いでミハルは広い背中に手を回してしがみついた。

すると、抱きついた彼の大きな躰が、なぜかかすかに強張る。

ふいに視界がぐるりと回る。背中を抱えられたミハルは、軽々と寝台に押し倒されていた。

仰向けの体勢になったミハルの上から、アレクセイが伸しかかってきて、またすぐさま濃厚なキスが降ってきた。

「う……ンっ」

分厚い舌を呑み込まされ、苦しかったが、必死で口付けに応えた。

一秒でも長くアレクセイの存在を感じていたくて、拙い動きでも一生懸命に彼の舌を吸い返す。

ミハルの腹から腿《もも》の上にかけて、アレクセイの硬い躰が覆い被さっている。すべての体重はかけないようにしてくれているのだろう、重くはないけれど、ちょうど下腹部を重ねるようにして揺らされてハッとした。

衣服越しに、アレクセイのそこも硬くなっている。そのことに気づいて頬が熱くなる。彼の躰で強く擦られると、服の中の自分の性器にも刺激が伝わり、甘い息が漏れてしまう。

「ん……、はぁっ、は……っ」

やっとキスを解かれて、ひたすら胸を喘《あえ》がせる。

口と口を触れ合わせるだけの、これまでの甘いだけのキスとは違う。

唇からすべてを食べられてしまいそうな、まるで獣のような激しい口付けだった。

ふたりぶんの唾液《だえき》で濡れたミハルの唇を、彼が優しく舐《な》めとってくれる。

「――ミハル、ふたつほど、気になっていることを訊ねてもいいだろうか」

アレクセイがミハルの額と額を触れ合わせながら、そっと訊ねてきた。

「君は、とても若く見える。もし、なにか事情があって年を誤魔化していたとしても、誰かに明かすつもりはない。だから……君が二十歳だというのが本当なのかを、私だけに教えてくれないか
……？」

彼がなぜそんなことを訊いたのか。その理由をうっすらと悟り、ミハルは正直に答えた。

「僕は、本当に二十歳です。神様にかけて誓います」

ミハルの誕生日は一月だ。旅の途中の街で、アレクセイたちに会う少し前に誕生日を迎えた。具合の悪さをミハルには隠し、マリカが誕生日を祝ってくれた。

マリカがいた頃を切なく思い出しながら言うと、アレクセイは頷いた。

「改めて確認したりしてすまなかった。では、二十一の誕生日はもうじきだな……一緒に祝えないのが、本当に残念だ」

アレクセイは、その次の年の誕生日は必ず一緒に祝おうと約束してくれた。

一瞬の迷いもなく、彼が自分の言葉を信じてくれた——そのことに歓喜が湧く。

（もし、いま秘密を伝えたら……）

なぜ自分が異様なほど若く見えるのか。その理由をいま告白すべきかとミハルは悩んだ。

どうしてなのかはわからないけれど、ミハルの一族は皆、若い姿で成長や老化が止まる。

中でも自分は特にそれが早くて、十五歳くらいのときには完全に成長が止まってしまった。

そして、一族の者は、その若さのままで長い年月を生き続ける——。

ミハルは一瞬浮かんだ迷いを振り払った。

アレクセイは、儀式に行く直前なのだ。そんな彼に、いま自分の秘密を知らせることは、あまりに自分勝手に思えた。

（一年後、戻られたら……必ず打ち明けよう……）

心の中でそう決めていると、伸しかかっているアレクセイがミハルの頬に触れた。

「もうひとつ、訊ねたいことは……」と言いかけて言葉を切り、それから、意を決したように訊く。

「私は……君の、兄の代わりではないいな？」

「そ、そんな……アレクセイ様は誰の代わりでもありません……！」

予想外の問いかけに一瞬面食らったが、ミハルは急いでその疑問を否定した。

父とマリカを失ったすぐあとで、アレクセイに出会った。身内のように大切に接してくれたことに救われたが――彼は決して誰かの代わりなどではない。

はっきりとそう言ったミハルに、「そうか、よかった」と言って彼はホッとしたようだった。

「なぜ私がそんなことを訊いたかわかるか？」

「……わ、わかります」

まだ口付けだけで、服を乱してもいない。ミハルは口付けすら彼が初めてで、これまでは誰か特別な相手を作るなど考えたこともなかった。

だが、いまは彼がなにを求めているのかがわかる。

ミハルは大人だし、彼は兄の代わりではない。

互いに恋をする者同士がここにいるだけだ。

「性急ですまないと思う……だが、このまま一年離れるのは、とても耐えられそうにない」

熱を秘めた漆黒の美しい目がこちらを見つめている。頬に触れる彼の手が熱い。

「君を私のものにしても、構わないか？」

甘く乞われて、切実な想いが込み上げる。

気づけばミハルは頷いていた。

こんなに彼のことが好きなのに、離れなくてはならない。求めてくれるなら、アレクセイのものにしてほしい。なにか彼との間に深い繋がりがほしいとミハルは痛切に思った。

「あなたのものに……して、ください」

必死の声で訴えると、アレクセイの目が更に熱を帯びる。

誓うように甘く唇を押しつけられる。ありがとう、と囁かれたあと、かぶりつくような深い口付けが降ってきた。

「んんっ……！」

唇を吸われながら、ベストとシャツの前ボタンを開けられて、上半身があらわになった。

ミハルの薄い胸と小さな淡い色の乳首を見て、アレクセイが眩しいものを見たかのように目を細める。

一瞬、恥ずかしさで無意識にシャツの前を掻き合わせそうになったが、その手を握られて、やんわりと寝台の上に押しつけられた。

服の下に彼の手が潜り込んでくる。初めて肌を直接まさぐられて、ミハルはその手の熱さに驚く。

首筋に顔を埋められ、唇が鎖骨《さこつ》へと下りていく。薄い胸元を撫で回されながら、固い指先が乳首に触れて、躰がビクッとなった。

ミハルの乳首はとても小さくて、アレクセイの親指に触れられるとほとんどが隠れてしまうほどだ。

そのささやかな乳首を、彼の指が大切なものに触れるみたいに、丁寧に撫でる。

「初々《ういうい》しい躰だ……とても綺麗で、可愛らしいな……」

熱っぽい息を漏らしながら、彼が呟く。顔が近づけられ、片方の乳首に口付けられる感触に息を呑む。

「あっ！」

ちゅっ、と音を立てて吸われ、ミハルは顔が真っ赤になるのを感じた。

そんなところにキスをされるなんて、考えてもみなかった。動揺するミハルのもう一方の乳首からはずっと彼の指が離れない。摘まんだり捏ねたりされるのがくすぐったい。なぜなのか、触れられる刺激でぷっくりと尖《とが》ってくるのが恥ずかしい。

「ああっ、や……っ、アレクセイ様……っ」

彼の整った顔が自分の乳首を熱心に吸い、舌でつついてくる。舐め回され、味わうように吸われる。指と舌で責められながら、視線だけを合わされて、動揺する顔を見られる。ミハルは強い羞恥《しゅうち》に半泣きで喘いだ。

うねうねと動く熱く濡れた彼の舌で敏感な乳首を舐め回されるたび、どうしていいのかわからないぐらいにびくびくと躰が震える。

胸を弄《いじ》られているだけなのに、どうしてか、ズボンの中の性器が痛いくらいにじんじんする。ふたりの躰が擦れ合うたび、じわっとなにかが溢れる感触まであった。

両方の乳首を満足するまで弄ったあと、ようやく彼が顔を上げてくれてホッとする。

視線を向けると、小さかったミハルの乳首は彼の唾液に濡れて、ツンと尖っている。初めての刺激に色を濃くしてぷっくりと腫れてしまっている様は、正視できないほど淫らに見えた。

あちこちに口付けながら、ミハルの下腹へと彼の唇が下りていく。臍の脇にキスをされている間に、ズボンの腰紐を解かれて、下着と一緒にするりと脱がされてしまった。

あらわになったミハルの性器は、すでに先走りの蜜でぐっしょりと濡れてしまっている。

情熱的な口付けと胸への愛撫だけで、達したあとかと思うほどに感じていたことを知られ、恥ずかしさのあまり両手で顔を覆う。

「なんと愛らしい性器だ……だが、確かに、ちゃんと君は大人なのだな」

アレクセイは嬉しげに微笑み、薄めだけれどしっかり生えているミハルの金色の下生えを撫でる。

小さめな性器をまじまじと眺められ、羞恥に身を強張らせていると、彼は固い指先でそこをぬるぬると撫で回し始めた。

「あっ……」

そうしながら、大きな手の中に包み込まれ、ゆっくりと全体も擦られる。初めての刺激は全身を蕩かすほどで、ミハルは躰から力が抜けてしまう。濃い先走りが潤滑の役割を果たして、信じ難いくらいに気持ちがいい。

「あぅ、あっ、あ……っ」

アレクセイは特にミハルが感じる先端をじっくりと揉むようにして弄ってくる。くびれを撫で回しながら、大きく開かせた脚の付け根に、音を立てて彼は何度も口付けをする。

「あ……、んっ」

性器を刺激しながら、軽く胸の尖りを摘まれると、それだけで出てしまいそうなくらいに感じて驚く。

胸と性器を同時に弄られるたび、ぷくっと先端の孔から新たな滴が湧いてくる。すっかり昂ぶった小さな性器はもうびしょびしょだ。

「たまらないな……口で愛してても構わないか？」

律儀に訊ねられ、ミハルは一瞬ぽかんとする。なにを訊かれているのかを理解する前に、アレクセイがミハルの性器に顔を近づけてきた。

「ひゃっ……！」

ねろりと熱いもので先端を舐められる。背筋を強い刺激が駆け抜けた。

「ああっ！　あ、んっ！　やあ……あ、あっ、んっ」

裏筋の根元から舌を這《は》わされ、先端からすっぽりと呑み込まれる。熱く濡れた口の中で、小振りな性器の全体を飴玉《あめだま》でも舐めるかのように丹念にしゃぶられてしまう。

まさか、そんなことをされるとは考えてもみなかった。

だめ、だめです、とミハルは無我夢中でアレクセイの頭の上の獣耳を摑み、必死で彼を自分の性器から離そうとする。苦笑されたかと思うと、いっそう強く吸われて、その強烈な感覚に脚をがくがくさせながら泣き声を上げた。

「やっ、だめ……っ、も、あ、あ……！」

見知らぬ快感に、腰を捩《よじ》ってミハルは身悶《みもだ》える。

一分ももたなかった。

腰が爆発したみたいな衝撃で、頭の中が真っ白になる。達しているミハルの性器をなおも吸いながら、蜜をすべて飲み下す。更に最後の一滴まで啜ったあとで、萎えたそこを丁寧に舐めて清めてから、アレクセイがやっと唇を離す。

ぐったりしていると、額に優しくキスをされた。

「君の雫《しずく》は美味だな……それに、素晴らしく可愛い声だった」

恥ずかしいくらいの甘い囁きを耳に吹き込まれて、熱い顔がいっそう赤くなった気がした。興奮を感じさせる目で彼に見つめられると、それだけでも躰が痺れたみたいに疼いてしまう。

「もっと聞かせてほしい」

そう言ったアレクセイは、脱げかけて腕と脚に纏わりつく残りの衣類をすべて脱がせる。

それから、優しくミハルの躰をうつぶせにさせると、なぜか腹の下に枕を入れて、腰を高く持ち上げさせた。

その体勢のまま膝を大きく開かされる。尻の狭間をあらわにして捧げるようなあまりにも恥ずかしい格好に、羞恥が込み上げた。

「あ、アレクセイ様……?」

「君のここは、とても狭そうだ」

小振りな尻を揉み、彼がため息交じりに囁く。

「本当は、できることならたっぷりと時間をかけて、大切に愛してやりたい。だが……いまは、どうしても、そうしてやるだけの余裕がない。許してくれるか……?」

彼の指先が窄《すぼ》まった後孔に触れ、びくっとミハルの躰が震える。

当然、性行為になど使ったことのない場所だ。まともに挿《はい》るのかすらよくわからなかったが、アレクセイが求めてくれるのなら、たとえ無理であってもすべてを差し出したいとミハルは思った。

引き寄せた枕に顔を埋めて、ぎくしゃくと頷く。ホッとしたように身を倒してきた彼が、ミハルの裸の肩先に幾度も口付けを落とす。

一度身を離したアレクセイが持ってきたのは、風呂上がりに手足に塗り込むための香油だった。

怯えながら待っていると、後孔に濡れた感触がした。指先で掬ったものを塗りつけられたようで、香油を纏ったぬるぬるとした感触が狭間を行き来する。ほのかな花の香りが立ち上る。

いままさにふたりが繋がるための場所を彼の指で解されていることを実感して、羞恥で眩暈がしそうになる。

「ふ……、あ……っ」

ミハルの後孔に挿れるには、体格のいいアレクセイの指は太い。自然と窄まろうとする入り口を指の節で擦られながら、同時に親指で性器と孔の間の膨らみをやんわりと押し揉まれる。

「あっ、や……っ」

初めて触れられたのに、中と外から刺激をされると、腰が痺れそうなほど気持ちが良かった。中をじっくりと擦る指は、未経験のミハルの躰に快感を教えようとするみたいに動く。

傷をつけないようにと香油を足されながら、指が二本に増やされる。

痛くないか、と気遣うように訊ねられて、必死で頷く。

苦しいけれど、丁寧に慣らしてくれているせいか、痛みはほとんどない。それどころか、彼の指が中を広げようとゆっくり動く感覚に、自分では得たことのないような快感を覚え始めている。

伝えた年齢は本当だし、大人だ、と言い張った。けれど、小柄な躰は見た目と同様に未成熟なようで、精通は迎えたものの、自慰すらまだ数回しかしたことがない。そもそも、する必要を感じたことはほとんどなかった。

なにも知らない躰を、アレクセイの指がじっくりと開き、繋がれるように慣らしていく。

「ん、ぁ、……っ、あ……ぅ」

枕に抱きついて刺激に耐えていると、奥のほうまで丹念に香油を塗られる。指を深くまで呑み込まされて、声が漏れる。ついに指が三本になり、纏めた指を中で蠢《うごめ》かされるたびに、小さな腰がびくんとひくつく。

たっぷりと使われたせいか、香油だけとは思えないほど大量の蜜が後孔から溢れ、袋や茎まで滴る。また勃《た》ち上がってしまった茎のほうまでねっとりと垂れる感覚がむず痒《がゆ》い。自分で扱《しご》きたいような衝動が湧いたけれど、彼の前で性器を触ることはどうしてもできない。

ぐちゅぐちゅといやらしい音がして、まるで自分のそこが蜜を溢れさせているような錯覚が、いっそう快感を高めていく。

「アレクセイ様っ、そこ……」

動かさないで、というつもりで言ったのに、彼は違うふうに受け止めたらしい。

「ここが、気持ちがいいのか?」

掠れた声で囁かれて、感じる場所をぐりぐりと押される。

「ああっ、ちがっ……、だめ……や、あ……っ!」

クッションに押しつけたままの性器に、痛いくらいに血が集まる。中に押し込まれた指でいいところを擦られ、気づけばミハルはまた達してしまっていた。

(どうしよう、また、僕だけ……)

ゆっくりと彼が指を引き抜き「あ、ん……っ」と甘い声が漏れる。まるで、行かないでとでもいうように、自分の中が彼の指をきゅうと締めつけてしまう。

彼は繋がるための準備をしてくれていたというのに、少しも堪えられなかった。勝手に感じて、二度も自分だけ達してしまったことが恥ずかしくて、泣きそうになる。

ごめんなさい、と小さな声で謝ると、「気持ちが良くなってくれたのだろう? 謝る必要などなにもない」と項に口付けられた。

「そんなに真っ赤になって……ミハルは本当に可愛いな。食べてしまいたいくらいだ」

ため息交じりに言う彼の頭の上には肉食獣の耳が生えていて、冗談に聞こえない。

（……でも、アレクセイ様にならば、食べられてしまってもいい……）

クッションに頭を預け、そんなことをぼんやりと考えていると、衣擦《きぬず》れの音がした。背後を見ると、アレクセイが膝立ちになり、服を脱ぎ始めるところが目に入った。

ベルトを外して丈の長い上着を脱ぎ、シャツの前を開ける。初めて見る彼の裸体は予想よりもずっとしっかりとした筋肉を纏い、自分とは比べ物にならないくらい鍛え上げられている。

シャツを脱ぎ捨て、ズボンの前を開けて見えたものに、ミハルは驚く。アレクセイの性器の根元には、獣耳や尻尾と同じ漆黒の体毛が、臍のすぐ下から下腹全体に濃く生えていたからだ。

しかも、狼の獣人である彼の性器は長さも太さもあり、思わず目を瞠るほどの雄々《おお》しさだ。

それは彼が軽く扱いただけですっかり上を向き、すでに昂ぶり切っていることを伝えてくる。

すべてを脱いだアレクセイが、後ろからミハルの躰に覆い被さってくる。

「私をここに入れてくれるか……？」

ちゅぷっと音を立てて、もう一度、戯《たわむ》れのように後孔に指を挿れながら、反り返った逞しい性器を腿の裏側に擦りつけられる。

「あ、……んっ」

耳朶をしゃぶられながら「ミハルの中に入りたい」と熱っぽく乞われる。密着した彼の躰から興奮したねだられながら、蕩けた後孔をくちゅくちゅと音を立てて弄られる。

ときの雄の匂いが立ち上り、ミハルは頭がくらくらした。

快感を教えられたそこを押し込んだ指で味わうようにされて、腰を捩らせながら甘く喘ぐ。性懲《しょうこ》りもなくまた性器に熱が集まり、小さな茎が首をもたげてしまう。

こんなふうになったことはこれまでにない。まるで、躰がおかしくなったみたいに、彼のすることすべてに強く反応している。

アレクセイがほしい――。

そのとき一瞬だけ、ある考えがミハルの頭を過《よぎ》った。

（……抱き合ったら、孕《はら》むかもしれない……）

ミハルの一族は非常に特殊で、男も女と同じように子を産むことができる。

もし誰かに知られれば、男で子を産める躰を持ち、また若いまま長く生き続ける躰を持つ自分は、異端とされることは違いない。

だからミハルにとって、誰かと深く関わることも、子を産むことも、これまでは考えもしない夢だったのだ。

だが、浮かんだ戸惑いはすぐにどこかに消えた。

熱に浮かされた頭の中で、孕んでもいい、という正直な気持ちが生まれていた。

愛するアレクセイの子なら、欲しい――。

愛する人に愛されたい。もっと深くまで彼と繋がりたいと、心の底からミハルは思った。

切なる願いが湧いてきて、震える腰をおずおずと持ち上げる。

「アレクセイ様を……い、挿れてください……」

羞恥に搦《から》め捕《と》られながら、自分からも頼む。

息を呑む気配がした。指が抜かれ、香油で濡れ切った後孔に、硬いものが押し当てられる。

先端の膨らみは、三本の指を挿れられたときよりも強烈な圧迫感だった。じわじわと押し込まれると、ミハルはうまく呼吸ができなくなった。

「う、ぅ……っ」

苦しさに躰が勝手に逃げようとすると、やんわりと肩を掴まれて引き戻されてしまう。

片方の腿を抱える体勢で躰を横向きにされ、一息に彼の太い先端をぐっと呑み込まされた。

「あぁっ！」

すっかり慣らされていたはずなのに、呑み込まされた昂ぶりは大きすぎた。

腰を掴まれて、馴染ませるように緩く抽挿《ちゆうそう》されると、腰から全身に火花が散ったみたいな衝撃が走る。

「だ、だめっ」

「なにが、駄目なんだ？」と優しく訊ねながらも、アレクセイはじわじわとした腰の動きを止めてはくれない。

「だ、だって……、あ、出る、出ちゃう……っ」

必死に訴えるうち、目の奥がチカチカしてきた。

衝撃に耐えている間に、気づけば腹の上が濡れていた。

どうやら、先端を挿れられただけで射精してしまったようだ。自分の躰に、ミハルは呆然とする。

その様を見下ろして、アレクセイが獣の欲情を感じさせる目で微笑む。

「まだ、半分も挿れていない。もう少しだけでいい、深く入らせてくれ」

そう言うと、彼はミハルの腰をぐっと摑む。ゆっくりとした動きでじわじわと昂ぶりを呑み込まされていく。

「ああ……っ、んっ、あ、ぅっ」

彼は無理にすべてを挿入しようとはしない。相当に手加減をして、気遣いながら腰を動かしているようだ。それなのに、ミハルのほうにはいっさいの余裕がない。

擦られるたびに感じて、びくびくと身を震わせるばかりだ。

身を倒してきたアレクセイが、喘ぎっぱなしのミハルの顔を撫で、唇を愛しげに啄む。

片方の手を指が絡まるかたちで繫がれて、確かな力で握られる。

「苦しいか、ミハル。もう抜いてほしければ――」

気遣うように言いかけられて、必死で首を横に振る。「ぜ、全部、挿れて」とねだると、彼は困ったみたいに笑う。

「それは、戻ってきてから、もっと時間のあるときにしよう」と言って額にキスをされ、泣きそうになった。

もうすぐアレクセイが行ってしまうのだ。強い焦燥感に駆られて、無理だとわかっていても、いますぐに彼が全部欲しかった。

なんとか深く繫がりたくて、ミハルは自分からぎこちなく腰を動かす。

それを見て、アレクセイがかすかに目を瞠り、唇を押しつけてくる。我が儘な子だ、と囁いて笑い、ミハルの膝を持ち上げて大きく開かせ、深く身を倒してきた。

「あ……、ふぁっ」

彼がミハルの唇を吸いながら、わずかに腰を進めてくる。体勢が変わり、今度は真正面からアレクセイを受け入れるかたちになる。結合がじわじわと深まり、ミハルは圧迫感に熱い息を吐く。助けを求めるかのように、目の前の逞しい肩に必死で縋りついた。

「……いつもは控えめなのに、こういうときは欲張りだな。だが、そこがたまらなく愛おしい」

愛しげな呟きとともに、涙に濡れた頬を舐められた。

「私にだけ、もっともっと、我が儘を言ってくれ」

一度性器を抜かれ、ぞくぞくした感覚に身を震わせているうちに、身を起こされる。寝台に座った彼と向かい合う体勢で、もう一度、ゆっくりと太い雄を押し込まれた。

「あうぅ……」

ぐちゅっ、と中から香油が溢れる恥ずかしい音がした。

自分の体重で、先程よりも少しだけ深くまで呑み込んでしまう。それだけで、またなにか漏らしてしまいそうなほどの快感を覚えた。

躰中が熱くて、どこもかしこもじんじんしている。限界なほど大きなもので粘膜を拓かれているせいか、下肢に少しも力が入らない。逞しい腰を動かされるたびに、少しずつ深くなっていく繋がりがミハルの全身を痺れさせる。

アレクセイはそれ以上無理に挿れず、ただ抱き竦めたミハルの躰を少し揺らしながら、小さな尻をやや強めに揉んでくる。

「ああっ、ん、あっ……！」

滾《たぎ》った性器を深くまで挿れられたまま、ぎゅっ、ぎゅっ、と尻を揉まれるたび、脳天まで痺れが貫く。そうされると、中を押し広げる雄の存在をいっそう強く感じた。

「あ、あー……っ」

目の前の逞しい肩に抱きつき、ミハルは腰をびくつかせながら甘い声を上げて泣いた。

いつの間にか、彼の固い腹に擦りつけていた自分の小振りな性器は、また蜜を零している。

茹《ゆだ》ったみたいに躰が熱い。かすかに動かされるだけでも、たまらないほどの愉悦《ゆえつ》が全身を駆け巡る。

強烈な圧迫感で苦しいけれど、少しも痛みはなかった。

初めてなのに、おかしいくらいに感じている。躰を撫でられながら、奥をゆるゆると突かれていると、ずっと達しているような快感で頭がぼうっとする。

自分の躰なのに、自分のものではないみたいだ。

欲情を滲《にじ》ませたアレクセイが顔を近づけてきて、繋がったまま、尖り切ったミハルの乳首を摘まむ。

「あ、ぅ……っ」

顔を上げたアレクセイが深く唇を合わせてきた。

「ん、ん……っ」

舌をきつく搦め捕られながら、腰を掴んで揺らされると、言葉も出ないほど感じた。彼の奥を突く動きが早まっていく。

力の入らない後孔をずくずくと突かれ、衝撃で、また軽く達してしまう。

ミハルが意識を失いかけたときだ。

「ミハル……、私の……っ」

ふいに、抱き竦めてくるアレクセイの躰がわずかに強張る。少し遅れて、ぶわ、と躰の奥に熱いものが迸《ほとばし》るのを感じた。

呑み切れなかったもので、尻の間が熱く濡れていく。

遠くなっていく意識の中、アレクセイが額に口付けた気がした。


「――ミハル」

名を呼ばれて、ぼんやりと目を開ける。

どうしてか、躰が疲労感でずっしりと重い。

状況がわからずに視線を彷徨《さまよ》わせると、寝台の脇にアレクセイが腰かけていた。すでに身なりを整えた彼が、王家の正装を纏っているのに気づいてハッとする。

慌てて身を起こす。ミハルの躰は綺麗に拭かれ、新しい寝間着を着せられている。いつの間にかシーツまで綺麗になっていた。そういえば、朦朧《もうろう》とする意識の中で、抱き上げられて彼に世話をされたような記憶があった。

申し訳ない気持ちが湧いて狼狽えたが、いまはそれどころではない。

アレクセイは、もう行ってしまうのだ。

「起こしてすまない。寝かせておいてやりたかったが、もう時間なんだ。最後に顔を見ておきたくて」

「い、いえ、起こしてくれて、良かったです」

慌てて身を起こす。声を出すと、びっくりするぐらい掠れている。ふいに、先程までの出来事が蘇り、どうしようもなく顔が赤くなるのを感じた。

汗と涙に塗れて、理性を飛ばしたミハルは『無事でいて』と泣きながらアレクセイに縋りついた。

『お願いだから、怪我をしないで、無事に帰ってきて――』

我を忘れて快楽に喘ぎながらも、無我夢中で何度も彼に懇願した。

うつむいたミハルは膝の上で手を握り締める。その手をアレクセイがそっと取った。

ミハル、と呼ばれておずおずと顔を上げる。ミハルの手を両手で包み込み、彼は静かに口を開く。

「……幼い頃から、儀式に赴かねばならないことは決まっていた。それより前に誰か大切な人を作れば、待つ不安を与えてしまう。だから、恋愛や結婚は、儀式が明けてからすべきだと決めていたんだ。それなのに……耐え切れず、想いを打ち明けた。私の勝手で、君を我が物にしてしまった」

彼がミハルの手を持ち上げ、その甲に愛おしげに唇を押しつける。

「寂しい思いをさせて、すまない」

そのとき、部屋の扉がノックされてミハルはぎくりとした。迎えの者たちが来たのだろう。

名残惜しそうに手を離した彼が、部屋を出ていこうとする。

「――アレクセイ様」

急いで寝台から下りる。身体が重かったが、ミハルはぎこちない動きで彼のところに行く。

扉の前で足を止めたアレクセイが、こちらを向いた。

ミハルは背伸びをして彼の耳元に唇を近づける。自分が父から聞いた、洞穴から抜け出る秘密の道を、わかる限り彼に説明した。

驚いたような顔で、アレクセイはミハルをじっと見つめる。

「なぜ、君がそのことを?」

「……お戻りになったら、全部お話ししますから」

そう言ってから、彼の手をおずおずと握り、「僕、待っています」と言った。

アレクセイがかすかに目を瞠る。

「なにがあっても、お待ちしています……一年、アレクセイ様が元気に過ごされることを、毎日祈りながら」

――だから、どうか無事に戻ってきてください。

そう言った瞬間、涙が滲んできたが、慌てて目元をごしごしと擦る。すぐに、せいいっぱいの笑顔を作って見せた。

別れの前に彼が見た自分の顔が、ぐちゃぐちゃな泣き顔なのは嫌だった。

しっかりと頷いた彼が、一歩ミハルのほうへ戻ってくる。身を屈めたアレクセイの大きな手に、両頬を包まれる。唇に触れるだけの口付けをしてから、愛しげに額を擦り合わせ、彼は顔を離す。

「行ってくる」と告げ、アレクセイは振り返らずに部屋を出ていった。

＊

「いらっしゃい、ライ麦パンをふたつですね！」

パンを包み、代金を受け取って、またよろしくとミハルは客を見送る。店番をしながら、合間に焼き上がったパンを棚に並べていく。

これまでとなにひとつ変わらない日常だ。

――ただ、館に戻っても、アレクセイだけがいない。

年の終わりに彼が儀式に赴いてからというもの、ミハルの心にはぽっかりと大きな穴が開いたみたいになった。

アレクセイは、必要なことをすべて側近のコンラートに託していった。

自分が不在の一年間、ミハルには変わらない日々を送ってほしい。これまでと同じようにバーゼル邸に住み、その送迎や館の警護もアレクセイの部下が行う。

彼の強い願いは、コンラートからも重ねて伝えられた。

本当にいいのかとミハルは悩んだが、訪れたコンラートから「遠慮は不要です。なにせこの館は、実質あなたのものなんですから」と伝えられてどういうことかと首を傾げた。

コンラートによると、なんとアレクセイは出発前にバーゼル卿に掛け合い、ミハルを住まわせるために借りていたこの館を買い取ったというのだ。

呆然とするが「すべて、ご自分が不在の間、あなたに安心して住み続けてもらうためです。出発のときまで、これから籠もるご自身のことよりも、あなたのことを心配していたくらいですから」とコンラートは微笑んだ。

代金は即金で支払い済みだが、時間がなかったので、名義だけはいまもバーゼル卿のままらしい。

彼が戻ったあとで正式に手続きをする約束になっているそうだ。

「『万が一、自分の不在時に王家に不測の事態が起こり、最悪資産を没収されるようなことがあっても、名義が信頼できるバーゼル卿のままなら安心だ。ミハルにこの館だけは残るから』とアレクセイ様は言っていました。そのくらい、自分がいない間のあなたのことが気がかりなんでしょう。足りないものや困ることが決してないように配慮してほしいと頼まれています……だから、どうぞなんなりと言ってください」

不自由な暮らしをさせたりしたら、私が戻ったアレクセイ様に叱責《しっせき》されてしまいます、と言われる。迷いを感じながらも、ミハルはこれまで通りの暮らしを送ることになった。

アレクセイのいない日々は寂しくて、時間が過ぎるのがとても長く感じた。

パン屋の仕事は変わらずに忙しくて、日中は落ち込んでいる暇がないのがむしろ救いだ。

コンラートは、あらゆるツテを使い、三か月に一度、彼が籠もっている宮に食料を届けに行く使者のひとりに入り込めたようだ。

手紙などのやりとりは固く禁じられているそうなので、「もし会えたら、どうかささいなことでもいいから様子を聞かせてほしい」と切実な気持ちで頼んでおいた。

けれど、雪が溶け始めたある日のこと、山から戻ったコンラートからは、「残念ながら、宮の奥に籠もられているようで、アレクセイ様とお会いすることは叶いませんでした」と伝えられた。

食料はちゃんと減っていて、彼が無事であることは確認できたと聞かされ、ミハルは安堵で胸を撫で下ろした。

アレクセイの無事を祈りながら、ミハルは日々を過ごす。

いつに間にか春が来て、芽吹いた草花からじょじょに様々な花が咲き始めた。

寒い冬の間は家に閉じこもることの多かった人々も出歩き始め、町にも明るい空気が流れている。

ミハルが自分の躰の明らかな変化に気づいたのは、アレクセイが儀式に赴いてから四か月が経った頃のことだった。

（いったい、どうしちゃったんだろう……）

このところ体調が優れず、どうしても早朝に躰を起こせない。そんなことが週に数度続いて、ミハルは困惑していた。起きたあとは、捏ねたパンを纏めるのをジェミヤンに手伝ってもらい、なんとかぎりぎり開店時間に間に合わせる始末だ。

どこかが痛いわけでもない。ただ眠くて、躰がだるく、これまでのように、自分の思う時間にパッと目覚めて活動を始めるという、それだけのことがやけに難しくなっている。

（……もしも、悪い病気だったりしたらどうしよう……）

彼が戻るまであとまだ八か月。自分はここでそれを元気に待っていなければならないのに。

理由のわからない体調不良に怯えていたある日、ミハルの元に王室付きの医師がやってきた。

体調を心配したジェミヤンから報告を受けたコンラートが、わざわざ連れてきたのだ。

「わしは赤子の王太子さまを取り上げたんじゃよ」とにこにこする、ルミールという朗らかで優しい人柄の老医師は、実は難しい手術で何人もの患者を救ったことがあり、周辺国にも名をとどろかせるほどの名医らしい。そんなルミール医師は、快く平民のミハルを診察してくれた。

（王室付きのお医者様だなんて……）

部屋にふたりだけになり、気後《きおく》れしながらもミハルは体調について訊かれるまま正直に説明する。

それから躰を診察すると、医師は静かに告げた。

『どうやら、お腹には子がいるようだ。体調が安定しないのは、そのせいじゃろう』——と。

あまりの驚きで、ミハルは言葉が出なくなった。

確かに、アレクセイに抱かれたとき、子ができるかもしれないという考えが頭を過りはした。けれど、初めてのことで、その可能性といまの体調不良を繋げるなどできなかったのだ。

衝撃は大きかったものの、不思議なくらいにじわじわと喜びが湧いてきた。

(アレクセイ様との子……)

彼はそばにおらず、いますぐに伝えることはできない。

けれど、彼はミハルと結婚したいと言ってくれた。

男の身で子ができる躰であることは知らないだろうから、アレクセイは驚くだろう。だが、伝えれば、きっと喜んでくれるのではないか。

(……問題は、他の人たちか……)

彼の両親は国王夫妻だ。アレクセイが王族でなければよかったのにと思うが、これればかりはどうしようもない。

ミハルの周囲の人々にも、これから腹が大きくなれば、黙っていることは難しくなる。皆に隠して産むことは不可能だ。ミハルは誰にどう告げればいいのかを深く思い悩んだ。

考え込むその様子を、ルミール医師は黙って見守ってくれている。

ミハルは二十歳の成人した大人だけれど、見た目はもっと若く見える。しかも、性別は男だ。

医師にしてみれば、『少年がなぜか孕んでいる』という至極奇妙な事態に遭遇しているはずだが、どうしてなのかルミール医師は、そういったことをなにも追及してはこなかった。

じっとミハルの容貌を確認していたところを見る限りでは、もしかしたらこの老医師は、ミハルの一族のことを伝え聞いているのかもしれない。

躊躇いながらも、産みたいです、と伝えると、彼はにこにこして頷いた。

『冬になる前には生まれるはずだ』と言われ、重いものを持ったり、躰を冷やしたりしないようにと告げられる。ルミール医師は、なにかあればすぐに診てくれると約束してくれて、とても心強い。

他の人たちにはまだ内緒にしていてほしいと頼むと、鷹揚《おうよう》に頷いて帰っていく。

気づいているのかいないのか、相手については、なにも訊かれなかった。


「はあ、今日も暑いな……」

店の棚に焼き上がった熱々のパンを並べながら、ミハルは額に浮かぶ汗を拭いた。

夏が来て、パン種が傷まないよう温度に気を使う頃になった。

日を追うごとに、じょじょにミハルのお腹は膨らんでいく。鏡に映る自分を見るたびに、なるべく目立たないようにと服を整えている。

（もう、たぶん、気づいてる人もいるよね……）

接客時は、間にカウンターがあるので腹は隠れている。

ここのところ、粉の詰まった大袋を運んだり、荷馬車に乗って粉を挽きに行ったりすることが難しくなってきた。毎日ではないが、体調によっては店番をすることが辛いほどだるい日もある。それでも、パンを焼く仕事はミハルにとって使命であり、店を閉じることは考えられなかった。

ミハルの変化に最初に気づいたのは、そばで世話をしてくれるジェミヤンと、隣の店のレナータだった。

ある日買い物に来た彼女は、顔色の悪いミハルに気づき、突然「ねえミハル。あたしとうちの子をちょっと雇わない？」と言い出した。最近、金物屋が暇で、店番はヤンだけでじゅうぶんなのだという。

お礼は明日のパンでいいから！　というレナータに押し切られて頷くと、彼女は接客を、そしてふたりの子供たちは焼き上がったパンを棚に並べる仕事を担当してくれた。誰かを本格的に雇う余裕のないミハルは大変に助けられた。さすがにパンだけで頼むわけにはいかず、きちんと時給を計算し、働いてくれたぶんの銀貨を三人分受け取ってもらった。

本当は女だったのね、や、お腹の赤ちゃんは誰の子？　といったことはいっさい言わず、ただレナータは体調の悪そうなミハルに純粋に手を貸してくれた。店を開けたときから、彼女はとても親切にしてくれた。覚悟を決めて、信頼できるレナータにだけは、ミハルはおおまかな事情を打ち明けることにした。

さすがに相手が王太子だとは言えず、いま留守にしているけれど、結婚するつもりでいる、産んだあとに帰ってくる予定だと話すと、彼女はまるでミハルの話を我がことのように喜んだ。「じゃあ、彼が帰ってくるまでに元気な赤ちゃん産まなきゃね！」と言い、困ったことはいくらでも力を貸すからと勇気づけてくれて、ミハルは涙が零れそうになった。

すっかりすべて気づいている様子のジェミヤンは、ミハルを細やかに気遣い、体調が悪いときにも食べられそうな食事や、部屋の温度など、生活のあらゆることに気を配ってくれる。

店に送迎してくれるアレクセイの部下たちは、皆なにか言いたげだったが「お願いだから、もうしばらくの間誰にも言わないで」と必死で懇願し、口止めをさせてもらった。

だが、秋の始まり頃には、誰が見てもわかるほどミハルのお腹は大きくなった。

もう隠しようもなくなり、ミハルは館にコンラートを呼んで、お腹に子がいることを伝えた。医師も部下たちも、皆頼んだ通り口を噤んでいてくれたようだ。店のほうに月に一、二度様子を見に来てくれていたが、カウンター越しだったから気がついていなかったらしく、彼は本当に驚いていた。

だが、そのポイントは、ミハルが男だという点についてだけだった。

「お腹の子は、アレクセイ様の御子ですね」とコンラートは断言した。

何故断言されたのか不思議に思って訊ねると、実はアレクセイは最後の日、出発に付き添ったコンラートに告げていったそうだ。

『我慢できず、出発前にミハルを抱いてしまった。求婚はもう受け入れてもらった。一年後に戻ってきたら、王に許可を得てあの子と結婚するつもりだ』

まだ正式なものではないが、婚約を交わしたも同然なので、心積もりとしては自分の婚約者として扱ってほしい。この一年は、コンラートに託す。そばにいられない自分の代わりに守ってやってほしい、と――。

アレクセイの言葉を知り、ミハルは不安に包まれていた心が解けるのを感じた。

「そもそも、この館に囲い込まれて、店と館の往復すら部下に送迎されて大事に守られていたあなたに、アレクセイ様以外の相手との間に子ができるはずがありませんしね」

とコンラートは言った。そして、どうしてこんなにお腹が大きくなるまで黙っていたのか、肉体労働であるパン職人の仕事を続けるなんて、無茶をしては駄目ではないかと、そのことだけを懇々《こんこん》と怒られた。

「ごめんなさい、信じてもらえるのか不安だったんです」とミハルが正直に謝ると、「なぜ、信じないと思うんです？」と怪訝そうに言い、彼はやっと笑顔になった。

「まさか、留守の間に御子が生まれているなんて、アレクセイ様が戻られたら、どんなにか喜ばれることでしょうね」

主君の子が育まれているミハルのお腹を眩しいものを見るような目で見つめて、コンラートは言った。

事実を知ったコンラートは、「では、ミハル様。私にすべて任せてください」とミハルに敬称をつけて呼び、胸を叩いた。


ミハルの望みは、できる限りぎりぎりまで店を開けていることだった。コンラートは渋ったが、その代わりに頼れる仕事に関しては、すべて周囲に頼ることを約束させられて許可を得た。

コンラートは張り切り、アレクセイが戻る前に生まれるであろう子のために、迅速にあらゆる準備を始めた。

まだ産み月でもないのに、早々に乳母の候補者が決まり、バーゼル邸には赤子のための部屋が調えられ、揺り籠やおもちゃなど様々な品々が運び込まれた。

イヴァンやユーリーも、おめでとうと言って祝いのおもちゃや手作りの子供用椅子を持ってきてくれた。

　コンラートには口止めをしてあり、彼らに相手は伝えていないのに、イヴァンからは「アレクセイ様が早く戻られるといいな」とにこにこしながら囁かれて驚いた。彼の部下たちのほとんどに、自分たちの関係が伝わっていたのだなと恥ずかしくなる。だが、アレクセイの人柄なのか、部下たちの中には結婚前に王太子の子を身籠ったミハルのことを蔑《さげす》む者はひとりもいない。誰かから糾弾《きゅうだん》されるかと怯えながら日々を過ごしていたミハルにとって、それはとてもありがたいことだった。

　それは町の人たちも同じだった。

　口頭で結婚の約束はしたけれど、相手が誰かを口にすることはできない。状況的には未婚のままで子を孕んだ、一見十代に見える男の自分を、町の人たちがどう思うのかという覚悟はしていた。

　だが、周囲の人々は祝いこそすれ、ミハルを責める言葉を口にすることはいっさいなかった。

　皆が腹に子がいることに気づくたび、「おめでとう！　出産はいつ？」と祝ってくれる。「子守りが必要なら呼んでね」とは何人もの人に言われたし、常連客の女性は「これ良かったら」と囁き、そっと可愛らしい産着《うぶぎ》を作って渡してくれたこともあった。

　店を開いてから一年と少しの間に、自分がこの場所に受け入れられていたことを知る。静かな感激で、ミハルは胸が熱くなった。

（……無事にこの子を産んで、アレクセイ様が戻るのを待っていなきゃ……）

　彼のことを思いながら帰る日を待ち続けるミハルは、時折様子を見に訪れるコンラートの表情がじょじょに暗くなっていくことには気づかずにいた。

＊

災厄が襲ったのは、秋が深まり、臨月も間近になった頃のことだった。

バーゼル邸の寝室で休んでいたミハルは、夜半に城のほうから爆音が聞こえて目を覚ました。

「いったい、なんの音だったんでしょう」

部屋を出たところでジェミヤンや他の使用人たちも起きてきて、不安な気持ちで朝を待った。

なにが起きたのかわからないまま、いつもの時間がきて店に向かう頃、コンラートが使者を寄越した。

「土砂崩れ……？　そんな……アレクセイ様は……？」

昨晩城の裏手で大規模な土砂崩れが起きた。その事故で、ちょうどいま、王太子が国護りの儀式のために籠もっている聖なる宮の入り口が、流されてきた土や石で埋まってしまったらしいというのだ。

救助のために、コンラートを含めた軍の者がそちらに向かっていると伝えられた。

今日は店どころではなく、かといって軍が捜索中の山に駆けつけても邪魔になるだけだ。ミハルは館にとどまり、使用人たちとともに、ただひたすら彼の無事を祈りながら、コンラートからの連絡を待った。

夜になってから泥まみれのままコンラート自身が知らせに来てくれたが、朗報ではなかった。

「事故が起きて、すぐさま軍の者が入り口を掘り返したのですが……いらっしゃるはずの宮の中に、アレクセイ様の姿が見つからないんです」

「み、見つからないって……じゃあ、どこに？」

わかりません、と答えるコンラートの表情は、疲労の色が濃い。

彼が憔悴《しょうすい》しているのは、アレクセイが見つからないこと以外にも理由があった。

「実は、明日からは、捜索は王弟のピョートル殿《どの》が陣頭指揮をとり、彼の部下たちが入ることになりました。我々アレクセイ殿下直轄の部下は、後方支援を命じられています」

ピョートルという叔父の名は、アレクセイから聞いた覚えがあった。馬が合わず、意味をなさない儀式に固執しているという話で、あまりいい印象はない。

淡々と話すが、コンラートも悔しそうだ。アレクセイを心配するあまり、ピョートルの捜索方法につい口を挟み、そのせいで疎まれ、前線から外されたのかもしれないと彼は言う。

自然の洞穴はかなり奥が深く、儀式のために使うのはごく一部、王族が滞在するための広い空間だけらしい。もしアレクセイが、土砂崩れを察知して逃げるために奥深くまで入り込み、そこから出られなくなっていたら……と言われて、ミハルは心臓が止まりそうになった。

「我々は明日から山周辺の警護を分担させられるようなので、情報だけは入ると思います。なにかわかったらすぐに連絡しますので、どうか落ち着いて、この館にいてください」

帰り間際にコンラートからは言われたが、ミハルは居ても立ってもいられなくなった。

（……ああ、不安が的中してしまった……）

一睡もできないまま、翌朝日が昇るとともに、ミハルは荷馬車に乗って聖なる宮のある王城の裏の山へと向かった。

山裾に顔を見たことのない警護の者が立ってはいたが、木が密に植わっていて、山は相当に広い。彼らの目を盗んで、上に続く獣道を探して回り、少しずつ山を登っていく、軍の者に見つからないように休みながら進み、何時間かかけて、やっと土砂崩れの現場らしきところへ辿り着いた。

見ると、木々の根があらわになった山肌の一部に、中に入れそうな穴がぽっかりと開いている。入り口には門があるので、おそらく普段はそこが閉じられているのだろう。

崩れた土砂はかなり大量らしく、入り口は半分ほどが掘り出されているが、まだ半ば土に埋もれたままだ。

思わず近づこうとしたところ、「――おい、なにをしている！」と声をかけられてぎくりとした。

振り返ると、顔を見たことのない数人の軍人たちと、彼らを従えた口髭《くちひげ》を蓄えた目つきの鋭い中年の男がこちらに近づいてきた。髭の男の頭の上には狼の獣耳が生えていて、ズボンからは尻尾も垂らしている。ルサークの直系王族らしいが、もしや、とミハルが思っていると、彼はミハルの前までやってきた。

髭の男は舌打ちをし、「ここにいたはずの見張りはどうした？」と声を張り上げて辺りを見回す。

「王弟殿下、申し訳ありません、いま周辺を見回りに……っ」

声に気づいた見張りが急いで駆け戻ってきたが「罰金、銀貨二枚だ」と言って、髭の男はずいと手を差し出す。冗談かと思ったら、臣下である見張りの者に本当に銀貨を払わせている。それを見て、ミハルは唖然とした。

やはりこの男がアレクセイの叔父、王弟のピョートルなのだろう。

「ついでにこの小娘を追い出してこい」

と彼はミハルをぞんざいな仕草で指差して、率いてきた部下に命じる。

「ま、待ってください！」

ミハルは慌てて声を上げた。

「アレクセイ様は、まだ見つからないのですよね」

訊ねると、答えないまま、ピョートルは胡乱《うろん》な目をこちらに向ける。構わず、ミハルは必死に訴えた。

「洞穴の内部はとても広くて、奥に繋がる中の道はかなり分岐していると聞きました。探しても見当たらないなら、きっと、アレクセイ様はもっと奥のほうのどこかにいるのか……もしくは、他の出口を見つけるために、その途中の道にいるのかもしれません」

「お前などに教えてもらわなくとも、我々は代々王家に受け継がれてきた宮内部の見取り図を持っている。奥はもう捜した。入り込めるようなところはすべて確認してある。そして、外への出入り口はここしかない」

「ですが……」

「いったいなんなんだ、お前は？」

忌々しげに言い放ったピョートルの耳に、軍服を着た一人が耳打ちをする。

おそらく、あの軍人はミハルのことを知っているのだろう。

ピョートルは、興味深げにミハルをじろじろと頭のてっぺんから足のつま先まで見下ろしてくる。特に膨らんだ腹を面白そうに眺めた。

「お前が噂のアレクセイの愛人のパン屋か。ふうむ、品行方正な顔で人を蔑んでおいて、こんな子供に手をつけて孕ますとは、あいつも案外外道な奴だな」

げらげらと下卑《げび》た笑い声を上げるピョートルに、周囲の者が困ったように苦笑いを浮かべる。

「僕は、子供ではありません。外道だなんて、アレクセイ様に失礼です、取り消してください！」

彼を侮辱《ぶじょく》されて、憤りが湧いた。怯まずにはっきりと訴えると、ピョートルは笑みを消す。つまらないものを見るような目でミハルを見下ろした。

「気の強いガキだな。捜索は我々に任せて、大人しく町に帰ってパンを焼いていろ」

顎《あご》で促され、軍人たちが歩み出てくる。

「お願いですから、ここは従ってください」と潜めた声で頼まれ、焦れた思いでミハルは彼らに連れられて山を下りる。荷馬車に乗る前に「どうかアレクセイ様を見つけてください」と頼むと、ピョートルの部下たちは頷いた。彼らは悪い人たちではなさそうだが、上司があの男では捜索がまともに行われるか不安だった。

（あの調子で、本当にアレクセイ様を助け出してくれるんだろうか……）

追い出されて、いまはもう立ち入ることができない。山から離れるしかないが、とても安穏と待ってはいられない。なんとかして、ピョートルとは違う信頼できる者たちに捜してもらいたかった。

しかし、ミハルに追い討ちをかけるように、新たな問題が起きた。

その日の午後、ミハルはコンラートに状況を相談すべく、使いの者を出そうとした。手するると、突然やってきたのはミハルが頼んだ使者ではなく、バーゼル卿からの使いの者だった。手紙には『大変申し訳ないが、今週中にはこの家を明け渡してもらいたい』という頼みが書かれていて驚く。

出ていくのは仕方ないが、この家はバーゼル卿からアレクセイが買い取ったと聞いていた。

ミハルは困惑して「コンラート様に相談します」と言って、急いで彼に使いの者を送る。

夜半には、疲れた顔のコンラートが館にやってきて「ミハル様、申し訳ありません」と謝罪した。

「バーゼル卿は、どんな方法であっても館を取り戻さねば、自分はどうなるかわからないと言っていました。どうも、ピョートル殿になにか抗えないような弱みを握られたようです。『代金は受け取っていて、すでにこの館はアレクセイ様のものだ。自分にはもうなんの権利もないのに、これでは殿下に申し訳が立たない』と涙ぐんでいました」

すまないが、明日からは我が家に移ってほしいとコンラートに頼まれて、ミハルは悩んだ。

これまでならともかく、今日、自分はピョートルに面と向かって喧嘩を売ってしまった。もし、自分が彼の館に世話になれば、コンラートは更になにか被害を受ける可能性がある。

考えた末に、ミハルは「気持ちは本当にありがたいんですが、僕、慣れた店に戻って暮らしたいと思います」と伝えた。コンラートは目を剝き、強く反対したが、世話になったからこそ彼にはこれ以上の迷惑をかけたくなかった。

「我々以外にもピョートル殿の行動に不信を抱いている者はいます」とコンラートは珍しく悔しげに漏らした。いつも冷静な彼が憤る姿を見るのはこれが初めてだ。

しかし、怒るのも当然だった。

コンラートたちアレクセイの直属の部下は、ピョートルの指示によって本日付けで軍の階級を大きく下げられた。信じ難いことに、全員が見張りの兵士や衛兵などといった、下級軍人としての任務につかされることになったというのだ。

屈辱的な降格であり、なんの失態もないコンラートのような大貴族の跡継ぎに対してはあり得ない人事だ。

「どう考えても、これは我々にアレクセイ様を捜させないための異動です。場合によっては……土砂崩れすらも、仕組まれた事故だった可能性があります」

声を潜めて言うコンラートに、ミハルはショックを受けた。

「ど、どうして、そこまで……？」

「ピョートル殿は元々、武術にも長《た》けているうえに周囲からの人望の厚い、有能な甥が目障りだったのでしょう。以前、兄である国王陛下に新しく贅沢な館をねだり、それをアレクセイ様に自分の私財から建てればいいと却下されて、相当怒っていたことがありました……その他にも、浪費癖のあるピョートル殿と、堅実なアレクセイ様はぶつかることが多かった。彼さえいなければ、国王が病床のいま、自分が国の実権を握れるかもと思い込んだのかもしれません」

憤りを押さえ込むようにしてコンラートは強く手を握りしめた。

「実をいえば、少し前から、ピョートル殿の動きがおかしいことには気づいていたんです。前回から、聖なる宮に食料を届ける使者が全員彼の息のかかった者にされ、私は排除されました。彼らに状況を聞いてもさっぱり要領を得ず……どうなっているのか、ずっと気を揉んでいました。最悪、アレクセイ様に追加の食料が渡っていない可能性すらあります」

「そんな……」

ミハルは頭から血の気が引くのを感じた。

「今回の理由のない降格に激怒して、我が父は議会を招集し、ピョートル殿を詰問して軍の地位から引きずり下ろすと息巻いています。私たちも手をこまねいて見ているわけではありません。どうにかしてピョートル殿から実権を奪い、アレクセイ様を捜すために、密かに態勢を整えるべく動いているんです」

だから、どうか、アレクセイ様の大切な存在であるあなたは安全な場所にいてほしい、と切実に懇願されて、ミハルは迷った。

それでもやはり、自分が関われば、彼らの行動のお荷物になる可能性のほうが高い気がして、どうしても甘えられなかった。半ば押し切るようにしてミハルは必要な荷物を纏め、翌日からは店の自宅部分に戻って暮らすことを決めた。

アレクセイが鍵を新しくしてくれたけれど、古いこの店が、厳重な警護に守られたコンラートの館に比べて侵入されやすく、格段に危険が多いことはよくわかっている。

そこで、店に戻ってすぐ、ミハルは隣の店のレナータとヤンに相談をした。事情を打ち明けると、ヤンが少し紐を引いただけで大きな音が鳴るベルを持ってきてくれた。なにかあればすぐに鳴らして危険を知らせることができるよう、各部屋に取りつけてくれる。

ふたりにだけは、アレクセイのことと、ピョートルの差し金でバーゼル邸を追われたことを説明する。夫妻は驚き、そして酷く心配した。

「軍服の人をたびたび見かけてたから、ミハルの相手が高貴な方じゃないのかって噂はあったのよ。本当ならお祝いしたいところだけど、いまはそんな場合じゃないわね……殿下が戻るまで、どうにかしてミハルを守らなきゃ」

レナータは表情を曇らせ、しばらくの間自分の家に泊まるように誘ってくれる。すると、顔を出した子供たちから別の案が出た。

「じゃあボクがミハルの家にお泊まりするよ！」

「ずるい、じゃああたしも！」

子供たちを危険に晒すことにならないかとミハルは不安になったが「大丈夫、さすがに三人いれば誰かは侵入者に気づくわ！」とレナータは大賛成だ。

そして、レナータのところの子供たち、ニーナとマルクが毎晩枕を持ってきて長椅子を寝床にし、警備係をしてくれることになった。

「旦那さんが帰ってくるまで、あたしたちがミハルと赤ちゃんを守ってあげる！」とニーナに言われて心強い。なにかあれば、ヤンとレナータもすぐに駆けつけてくれるし、近所の人々にも声をかけておいてくれるという。

優しい一家の親切に心から感謝する。なんとかここで暮らしていかなくてはとミハルは覚悟を決めた。


そうして、土砂崩れが起きた翌々日も、ミハルはまたアレクセイを捜しに出かけようとした。

だが、ピョートルからの妨害は、バーゼル邸から追い出されるだけでは済まなかった。

城の裏山に昨日まで忍び込めていた道には〝軍と王家の者、神職以外は立ち入りを禁ずる〟という看板が立てられている。更に、山裾に立つ警護の者が倍に増やされていた。

これでは、山に入ることすらできない。絶望しかけたとき、「ミハル」とそっと名を呼ばれる。

「イヴァン……！」

声をかけてきたのは顔見知りのアレクセイの部下、イヴァンたちだった。

驚いたことに、本来はアレクセイ直属の部下であり、少将や准将などといったそうそうたる階級にいた彼らが、山裾の見張り番にされていたのだ。

「いまは俺たちの番だけど、見張りの人員はピョートル様の部下と半々にされてる。どうも奴ら、俺たちの行動を見張ってるみたいだ。だから、声は小さめに頼むな」

声を潜めて言うイヴァンには元気がない。

本来なら、最前線でアレクセイを捜すつもりでいた彼らは、ピョートルからふもとで人々の立ち入りを防ぐ係を命じられて、深く落胆しているようだった。

「イヴァン、僕、アレクセイ様を捜すのに、思い当たる場所があるんです」

ミハルはアレクセイを捜しに山に入りたいと彼に頼み込んだ。

「でも、いまのミハルを山に入れるのはなあ」

さすがにイヴァンも渋り、危険を危惧《きぐ》していた。代わりにその場所を捜しに行きたいが、交代の時間に戻れないと厳しく罰せられるらしい。心当たりの場所を捜すだけだ、危ない行動はしないとミハルが固く約束すると、悩んだあとでこっそりと入れてくれることになった。

まずは土砂崩れのあった聖なる宮を目指す。

昨日と同じ場所に辿り着いたミハルは愕然とした。

(――これは、どういうこと……?)

土はすっかりどけられていたが、宮の入り口には、中に入れないよう、見張りの者が退屈そうにひとり立っているだけだ。土を掘る道具も、ぞろぞろといた人夫やピョートルの配下の者も見当たらない。

驚いたことに、すでに捜索は打ち切られたようだ。

ピョートルには、アレクセイを探すつもりなどないのだとはっきりわかった。

(だったら、尚更僕が、ぜったいにアレクセイ様を捜し出さなきゃ……)

決意を固めて、ミハルは広大な山の中をひとりで捜し始めた。

心当たりはある。

ピョートルは知らなかったようだが、聖なる宮には公にされていない秘密の入り口があるはずだ。昔、儀式の際に王を助けたというその場所について、父から大まかな場所は聞いていた。万が一のときのため、別れ際にアレクセイにはその出口の場所を伝えてあった。

悔しいのは、まさかこんなことになるとは想像もしておらず、正直にいうと、細かい記憶には自信が持てないことだ。

ただ、『山の南東側のふもと、樹齢百年を越える大木の根元近くに入り口があり、そこで倒れていた王を救った』と聞いたことだけは確かだ。ひたすらその目印を求めて、ミハルはその日から山の半分を必死で捜し歩いた。

姿は見つからなくても、アレクセイはまだ生きているという強い確信がある。

どんなことがあっても、見つかるまで、ぜったいに諦めるつもりはなかった。


「――ミハル、今日も行くの？」

日暮れまで捜し続け、また翌朝も荷馬車で山に向かおうとすると、身重のミハルを心配して町の人々が声をかけてくる。

アレクセイを捜すために店を開けることはできなくなったが、ミハルはこれまでと同じように、毎朝パンを焼いてから家を出た。彼を見つけたら、何日も食事をしていないかもしれない。だから、アレクセイに食べさせるぶんと、レナータたち近所の人たちのぶん、それから、倒れないように自分が食べるぶんだ。

日に日にお腹が重くなり、荷馬車に乗るのもだんだんと辛くなってきたが、前を向いてしっかりと手綱を握る。くじけずに頑張れるのは、彼との子がお腹にいるおかげかもしれない。

（この子も、一緒に捜してくれてるからかな……）

そう思うと心強くて、力が湧いた。

山裾に着くと、ふもとに立ち、侵入者を追い払う役目を担うイヴァンたちにもこっそりパンを差し入れ、通してもらう。

「俺たちも、アレクセイ様を捜したいよ」と悔しそうに言う彼らの気持ちが、痛いほどわかる。

父親とともに城に向かったコンラートは、ピョートルと議会で戦い、なんとかして大規模な捜索を再開させるべく奮闘しているらしい。それを聞いて、いまはまだ身動きが取れない彼らのぶんも、なんとかして自分が捜さねばとミハルは決意を新たにした。

ピョートルはまともに捜索をしていない。

だが、アレクセイが洞穴の中にはもういないという確証はどこにもないのだ。

掘り出された聖なる宮の入り口にはピョートルが置いた見張りが立っていて、正面から入ることはできない。それならば、あるかわからないもうひとつの入り口を探す以外にミハルに方法はない。

アレクセイが脱出しているかは、おそらくその入り口を見つければわかるはずだ。

二度手間を防ぐため、すでに捜した場所には、自分にだけわかるように白い小石をふたつ置きながら歩いた。

父から聞いた秘密の出口に似た木の根元を見つけるたび、希望を抱いて周辺を捜し回り、ピョートルによって埋められた入り口ではないかと土を掘り返してみたりもした。

土を掘るための道具を近所の人から借りて持ってはきたけれど、宮の入り口に立つ見張りに気づかれるとまずいので、音が立つほど大がかりには探せない。密かに掘り進めながら根を掻き分け、違うと確信できるまで土を除けているうちに、小さな手は真っ黒になり、爪はぼろぼろになってきた。

日が落ちると、森には人を襲う獣が出る可能性もあり、山を下りる時間を考慮すると、日が傾いた頃には捜索をいったん中断するしかない。

昼間は捜すことだけに集中していられるが、やむなく家に帰り、ひとりになると、ミハルは絶望に呑み込まれそうになった。

アレクセイはどんな事態にも備えていると言っていたが、まさか土砂崩れが起こることまでは想定していなかっただろう。強靱な肉体を持つ獣人だとはいえ、もし彼が呑み込まれていたら。大怪我をして、動けなくなっていたら。考えれば考えるほどに辛くなる。溢れてくる涙を拭いながら、ただ必死に彼の無事を祈った。

どんなに涙が止まらない夜を過ごしても、日が昇るとまたミハルは山に向かった。

もし逆の立場だったら、アレクセイはきっと、どんな困難があっても自分を捜し出してくれるだろう。だから自分も、なにがあっても諦めない。誰に邪魔をされても、どんな妨害が立ち塞がったとしても、ぜったいに彼を助け出すのだと気持ちを奮い立たせ、強い気持ちでミハルは捜索を続けた。

事故が起きて、アレクセイの行方がわからなくなってから、五日が経った。

（本当に、秘密の出口はあるんだろうか……）

次第にミハルは不安を感じ始めた。

それ以外方法がないにせよ、聞いたのは何百年も前に起きた出来事だ。もしかすると、その秘密の出口自体がすでに土に埋もれて、なくなっている可能性すらもある。

自信がなくなりかけた頃、「ねえミハル、あたしたちも一緒に行っていいかしら？」とレナータが声をかけてくれた。町の人々も数人ついてきてくれるという。

捜索には人手があるに越したことはない。民の手が必要なら普通は軍から募集がかかるものなのに、それもない。涙が出るほどありがたい申し出だったが、ミハルは躊躇《ちゅうちょ》した。

「もし僕と一緒に来たことがわかったら、皆がピョートル様になにかされてしまうかも……」

彼らに罰が科されるのを恐れ、いまではコンラートとも表立って接触することを避けている。見張りのイヴァンたちにはやむなく協力してもらう必要があるけれど、もしバレたら、自分は獣道から侵入し、彼らにはなんの罪もないと言い張るつもりでいた。

危険だと伝えたものの、町の人々は意外にも、わずかもピョートルのことを恐れる様子がなかった。

「大丈夫よ！　我が町の司祭様は権威にはいっさい屈しないひとだから。それに、もしなにかされたら、アレクセイ様が戻られたあとで、ピョートルのやつを厳しく罰してもらえばいいわ！」

人々は胸を叩き、迷うミハルの手を引っ張るようにして、率先して捜索に参加してくれた。秘密の入り口のことを説明すると、皆アレクセイから聞いたものだと思って信じてくれた。

協力にも助けられたが、アレクセイの生存を信じてくれる人たちがいることは、ミハルをなによりも勇気づけた。

礼代わりにミハルは焼いたパンを持参し、手伝ってくれる者たち皆に分けて食べてもらった。

一緒に捜索をしながら「みんな、店は大丈夫なの？」とミハルは訊ねた。

「うちは大丈夫よ、ヤンが頑張ってくれているから」

そう言いながら、レナータの家の明かりが遅くまでつき、家を留守にしているぶん、夜まで彼女が家事をしているらしいことをミハルは知っている。

どうしてみんながこんなに良くしてくれるのかと訊ねると、レナータがふいに真面目な顔になった。

「ミハルはね、もう皆の仲間なのよ」

そう言って、彼女は笑った。

「あなた、開店してすぐのときから、パン屋に来た子持ちの未亡人や、一人暮らしの老人からは、パンの代金を決して受け取らなかったでしょう」

それはミハルの父母が、各地でパン屋を開きながらもずっと続けてきた、ごくささやかな慈善活動だった。

「食べるものが買えずに困っているときに、支払いをツケにしてもらえないかと頼みに来た酒屋の女主人にも、『売り上げがいいときに払ってくれればいいですから』って毎日快くパンを分けてくれてたから、子供を飢えさせなくて済んだって。それに、定期的に教会に持ってきてくれるパンで助けられた人がたくさんいるの。だから皆、心から感謝しているのよ。他の人たちも、それを知っているわ……だから、いまミハルが困っているのなら、ぜったいに助けてあげなきゃと皆で決めたのよ」

そう言われてミハルは驚いた。

これまで追われていると思い続け、土地に定着することを避けて暮らしてきた一家にとって、パンだけが周囲の人々との繋がりだった。買い続けてくれる人々の顔色がわずかながらもじょじょに明るくなっていく、そのためだけに早朝から働くのも苦にならなかった。

パンを作ることは、なにもないミハルにとって、唯一の生き甲斐だった。

誰かのために焼き続けてきたパンが、いまは逆に自分を助けてくれている。

言葉が出なくなったミハルを見つめ、レナータは微笑んだ。「必ず見つかるわ」と囁き、ミハルの肩を優しく抱いた。

その日の夕方、痺れを切らしたように、コンラートがユーリーたち部下を伴い、山に入ってきた。驚くミハルに「今日で五日目です。なにもしないピョートルは、おそらく、アレクセイ様を見殺しにするつもりだ」と覚悟を決めた目でコンラートは言った。ピョートルの息のかかった見張りたちは、縛りあげて草むらに隠してきたという。

「これ以上待っていることはできません。除隊も覚悟のうえで、我々もアレクセイ様を捜します」とユーリーも言い、ミハルは胸が痛くなった。

心強い味方が来てくれた。

山裾の警備は厳重だったが、宮の入り口に立つ見張りはいつもひとりだ。やる気がなく、ぼうっとしたり昼寝をしたりもする。その見張りを捕らえるのは簡単だった。

コンラートたちは洞穴の中を捜す。ミハルは町の人たちとともに、手分けをして外から秘密の入り口を捜すことになった。

そうして、土砂崩れが起きてから、とうとう六日目の日暮れがきた。

コンラートたちと町の人々が捜索に加わってくれるようになり、皆で捜索を続ける中、ミハルの焦りは募っていくばかりだった。

前夜、密かに届けられたコンラートからの伝言は衝撃的だった。

実は、国王にはアレクセイの捜索が打ち切られたことが伏せられているらしい。

コンラートたちが議会でそのことを糾弾すると、ピョートルは憤慨し、自らの隊が日夜どれだけ捜索に明け暮れているかを訴えた。そのうえで、アレクセイをすでに亡き者として扱い、弟王子を王太子に立てて、成長するまでの間、自らが摂政の任につくことを王に訴えているというのだ。

(……アレクセイ様は、死んでなどいないのに……!)

信じ難い話に、ミハルは激しく憤慨した。

けれど、アレクセイがいないいま、ピョートルを止めることができる者は国王しかいない。それなのに、期待を預けていた王太子の事故に、王はすっかり憔悴し切っているそうだ。

いい話のない日は、迷いも多かった。父から聞いた場所は、南東の中でも更に東のほうだったのではないかという気がして、地図を眺めて悩む。これまで探していた場所よりも、もっと範囲を広げて捜索をすることにした。

皮肉なことに、唯一の救いは、ピョートルに捜索する気がまったくなく、宮の入り口と山のふもとに見張りを置くだけでいっさい放置していることだった。報告系統もずさんらしく、昨日見張りを捕らえたことすらまだ伝わっていないようだ。

おかげで昨日から自由に捜せているが、なぜこんなにも無関心なのかと憤るとともに、ふいに不安にもなった。

（まさか、ピョートルは彼の死を確信しているのでは……？）

疑問に思ったが、もしアレクセイが命を落としていたら、ぜったいに嬉々としてピョートルはそれを国王に知らせる。それに、祝杯を挙げずにはいられないはずだとコンラートは言っていた。

彼はまだ必ず生きている。そして、ピョートルはアレクセイを見つけられていないのだとミハルも確信を持てた。

（なんだかちょっと、くらくらする……）

秋の山は空気が冷えているからか今日は体調が悪い。毎日長時間森の中を歩き回っているせいか、腹に鈍い痛みもあった。

ちょうど十日ほど前、ルミール医師に診てもらったときには『ずいぶん大きくなったな。これなら一月《ひとつき》待たずに生まれるだろう』と告げられていた。

産むときには、ルミール医師がミハルの家まで来てくれる約束になっている。バーゼル邸にあった赤子の準備の品も、最低限必要なぶんだけは家に運んでもらってある。皆協力してくれるというけれど、産んだ後はどうしてもしばらく動けなくなるだろう。そのことを思うと、なんとしても早くアレクセイを見つけなくてはと気持ちが急いた。

ここのところ、朝晩はかなり冷え込むようになった。たとえ若く体力のある獣人であったとしてもこたえるだろう。獣の姿のままでいるならともかく、彼がもし人の姿に戻っていたら、もう限界が近いはずだ。

印をつけながら歩き回り、目星をつけた場所を掘っているうち、次第に辺りが薄暗くなっていく。

もう今日探せる時間は終わりだ。絶望的な気持ちになりながら、ぎりぎりまで探そうと歩みを進めるうち、かすかな匂いにミハルは眉を顰めた。

（これは……血の匂い……？）

青褪めた顔で山腹を歩く。

枯れ葉が邪魔をするけれど、必死で匂いのする方角に向けて急ぎ足になる。

背の高い木が生い茂る一角に目を止める。光を遮られた薄暗い地面に、枯れ葉に埋もれるようにして、なにかが倒れているのに気づく。

恐る恐る近づくと、それは、あろうことか、喉元を食いちぎられた人間だった。怯えながら顔を見ると、あの悪辣なピョートルだとわかって、ミハルは愕然とした。

助けられないかと急いで脈を確認したけれど、すでに絶命して冷えている。そばには血のついた長剣が落ちているが、彼自身の怪我は、明らかに剣の傷ではないものだ。

そう、まるで、獣の牙で噛みつかれたかのような――。

（獣……まさか……）

ミハルの躰から、すうっと血の気が引いた。よろよろと立ち上がり、必死で辺りを見回す。

すると、ピョートルの亡骸から十メートルほど離れた大木の根元に、草むらで隠された洞穴への入り口のようなものが見えた。

慌てて近づいて、息を吞む。

洞穴の入り口のそばに、見事な黒い毛並みの大きな狼が横たわっていたからだ。

「アレクセイ様……っ!!」

転びそうになりながら駆け寄り、そばに膝をつく。

ぐったりとした狼の胸元には、はっきりとした銀色の一房がある。

疑う余地はかけらもなかった――これは、獣体のアレクセイだ。

なにが起きたのかはわからない。だが、震える手で獣の首筋を触ると、べったりと血がつくのに悲鳴を上げそうになった。アレクセイはかなりの深手を負っている。

ずらりと鋭い牙の並んだ口元に耳を近づけてみると、まだかすかに息はある。躰も温かい。だが、脈は弱かった。

「レナータ……っ」

急いで助けを呼ばねばと思ったが、分担して広大な山の中を捜してくれているレナータたちは、声が聞こえるほど近くにはいないようだ。なんとかして助けを求め、コンラートたちを呼んでもらって医師のところまで彼を運ばなければならない。

頭の中で考えながらも、先に躰が動き、急いでミハルは上着を脱ぐ。それを当てて止血しようとしたが、溢れてくる血は大量で、あっという間に上着がどす黒い色に染まっていく。

アレクセイの命が失われていく予感に、ミハルの全身が震えた。

――このままでは間に合わない。

なんとかして彼を助けたい。誰か助けられる者はいないのか。

(誰か、誰か、アレクセイ様を助けて……)

ここに万病に効くという血を持つ始祖がいてくれたら――。

そう思ったとき、天啓のように、一族が持つ血の特性が頭を過った。

一族の末裔であるミハルとマリカは父を救うことはできなかった。なぜなら、この血は怪我や病気には効力を発揮するけれど、老衰には効かないからだ。

マリカが亡くなったときは、ミハルが救おうとする前に、彼は息を引き取ってしまった。

いまはもう、悩んでいる時間はなかった。

衝動的に斜め掛けにしていた鞄をひっくり返し、中から護身用の短剣を取り出す。

鞘から抜くと、躊躇わずにそれを自らの手首に当てて、力を込めて引く。

「んぅ……っ」

痛みを堪えて傷口を狼の口元に近づける。ぽたぽたと滴ってきた血を獣の口の上から垂らし、アレクセイに飲ませようとした。

「アレクセイ様……、飲んでください、お願い……っ」

特異な血はあっという間に自らの傷も治してしまう。傷が塞がりかけて血が出なくなれば、新たな傷を作り、また飲ませることを続ける。

すでに日は落ち、辺りは真っ暗になっている。一緒に捜していた皆が心配していることだろう。

ぐるぐると様々な考えが頭を過るが、獣の姿のアレクセイが、いま死にかけているということだけは確実だ。

もし、自分の血で救えなければ、もう間に合わない。

たったひとつの望みにかけて、ミハルは彼に血を与え続けた。

何度も手首を切っては大きな獣の口元に垂らして口を閉じさせ、喉に流し込むことを繰り返す。躰中が自分とアレクセイの血に塗れ、だんだんと貧血で眩暈がしてきた頃、遠くのほうで明かりがちらちらするのが見えた。

密かにミハルを呼んでいるらしい声も聞こえる。おそらく、レナータたちが心配して捜しに来てくれたのだろう。

ここです、と言おうとしたときだ。

ふいに、目の前の獣の躰がぴくりとかすかに動いた。

ハッとして「アレクセイ様⁉」と慌ててミハルは狼の目を覗き込む。

深い息を吐いて、漆黒の目がゆっくりと開く。固唾を呑んで見守っていると、狼がゆっくりとぎこちなく身を起こそうとする。ぶるりと身震いをして、四肢で立ち上がったその足元は、予想よりしっかりしている。どうやら、怪我の血は止まっているようだとホッとした。

口元をミハルの血で濡らし、躰には自らの血をこびりつかせた大きな狼は、ミハルをその目に映す。

真っ黒な目の中に驚きを感じ、彼が自分だとわかってくれたことを確信した。

ひとすじの銀色の〝しるし〟を持つ獣は枯れ葉を踏み、一歩ミハルに近づく。喉元にそっと頭を擦りつけるようにされて、一気に緊張が解け、視界が潤んだ。

「よかった……」

血に濡れた震える腕を獣の項に回して、ミハルはそっと抱きつく。

狼からは、確かにアレクセイの匂いがした。

生きていてくれた。彼を助けられた。込み上げるものがあったが、ただ嬉しくて、大きな獣に必死で縋りつく。奇跡を起こし、彼の命を繋ぎとめられたことにただ感謝した。

「アレクセイ様、僕……」

聞きたいことも言いたいことも、たくさんある。

夢中でミハルが言葉を紡ごうとしたときだ。眩暈とともに、下腹部に強い痛みを感じた。

それと同時に、抱き竦めていた躰がふいに変化する。

「――ミハル？　ミハル⁉」

懐かしく、愛しい人の声を聞きながら、ミハルは意識を失っていた。

＊

人間の姿に戻ったアレクセイの前で、膨らんだ腹を押さえてミハルは気を失った。

ミハルの腹が大きくなっていたうえにその場で産気づいたらしいことに、アレクセイは大層驚いた。

そもそも、男の彼がまさか子を産める躰だとは知らずにいたからだ。

状況がわからないまま、苦しげなミハルを抱きかかえてすぐさま山を下りる。

「ああ、アレクセイ様⁉　ご無事でいらした……！」

山裾付近には、コンラートたち軍の部下と町の人々が集まっていた。どうやらアレクセイの捜索に関わってくれていたらしい。彼らは血塗れのアレクセイが現れると歓喜の声を上げ、それから、真っ青な顔色で意識のないミハルを抱いていることに仰天した。

ミハルが産気づいている様子であることを告げると、ひとりがすぐさま王城の近くに住むルミール医師の元へ知らせに行ってくれた。ミハルは馬車でルミール医師の邸宅に運ばれ、もう生まれそうだということがわかり、アレクセイは必死で無事の出産を祈った。

出産前に血を流していたミハルは、更に出産の出血も多量で、一時は母子ともに命が危なくなりかけた。

意識を失っている間、なにが起きたのかはっきりとはわからないが、ミハルがどうやってか自らの血を使って自分を助けてくれたことだけはわかる——そして、お腹の子が、間違いなく自分との間の子であることも。

夜を徹してのアレクセイの祈りは幸運にも天に聞き届けられ、ミハルはその日のうちに、小さな双子の赤ん坊を産んだ。奇跡的に、ミハルも双子も無事だった。

生まれたての柔らかくいい匂いのする双子を腕に抱くと、信じ難いほどの幸福感がアレクセイの全身を満たした。

この子は、ミハルが産んだ自分との子供だ。生まれるまで、小さな躰でこの子たちを守り通し、更に自分までも救いに来てくれたミハルへの驚きと愛しさがいっそう深くなる。

赤ん坊にはふたりとも、頭の上にちょこんと獣耳が生えていて、尻からはくるんとした愛らしい尻尾も生えている。

それは、狼の獣人であるアレクセイの血を引いているからだ。

双子は、アレクセイと同じ黒髪の男の子と、それから、ミハル似の淡い髪の色をした女の子だった。

怒涛《どとう》の出来事の中で、大切な者を誰も失わずに済んだことを、アレクセイは神に深く感謝した。

子が無事生まれたあと、待機していたコンラートと話す時間を作った。

彼は憔悴した様子だが、アレクセイの帰還を涙ながらに喜んだ。

「アレクセイ様、ご無事を信じておりました……！」

コンラートから話を聞くと、聖なる宮のある洞穴の入り口を爆破し、土砂崩れを起こしてアレクセイを殺そうとしたのは、やはりピョートルだったようだ。

彼は、アレクセイがもう死んでいて、二度と戻らないと決めてかかっていた。

だからこそ、たった一日捜索してみせたあとは手を引かせ、見張りだけを立てた。

アレクセイの部下たちを降格させ、下級兵士として扱っていたのも、身重のミハルを安全なバーゼル邸から追い出したことも、アレクセイが絶命していると思い込んでいたからだ。

もう相手が死んでいるとわかっていても、どの行動も、許し難い仕打ちだった。

コンラートに訊かれ、アレクセイは土砂崩れが起きてからミハルに会うまでのことを話した。

ピョートルの差し金で起きた土砂崩れは、洞穴の正面入り口を埋め尽くした。だが、入り口は実はもう二つあった。ひとつは、非常用のもの、そしてもうひとつが、ミハルから教えられた古い秘密の入り口だった。しかしピョートルはどうやってか〝しるし〟のある者しか知らないはずの非常用の入り口を知ったらしく、外側から厳重に鍵をかけて、土砂崩れから生き延びても、アレクセイが出られないように二重に手を回してまでいた。

正面の入り口が埋まったことに気づいたアレクセイは、他の出口を探した。そのとき、数日前まで使っていた非常用の入り口がなぜか封じられていることに驚いたものの、別れ際にミハルから聞いていたもうひとつの出口が彼を救った。

爆破の衝撃は深くまで届いており、ミハルから聞いた入り口も、半ば土に埋もれていた。

土砂や石を掻き分けて必死で掘り進め、湧き水だけを飲んで耐え、閉じ込められてから五日目の夜に、やっとの思いで脱出した。そうして、いざ山を下りようとしたところで、甥の死を確認しようとしてか、自らが塞いだ入り口を開けようとしてひとりでいるピョートルと鉢合わせしたのだった。

コンラートからはミハルを守り切れなかったことを謝罪されたが、アレクセイはそれを止めた。

「お前と父上が議会でピョートルの暴君振りを追及し、追い詰めてくれたからこそ、あいつに焦りが生まれたのだと思う。議会で糾弾され、地位を奪われそうになって、もしも私が生きて戻ってきたらと不安になって、わざわざ厳重に閉じた非常用の入り口を開けに来た。おそらく、生き埋めにするだけでは不安で、自ら私にとどめを刺しに来たのだろうな」

もしその動きがなければ、ピョートルが爆薬を使った証拠もない。今頃は責めを負わずにまだ彼はのうのうと生きていたのだ。次こそはミハルや双子たちを狙われたかもしれない。アレクセイは死にかけたし、ミハルと子も危険な目に遭ったが、ピョートルを生かしておけばいっそう酷いことになったのは間違いない。

駄目な弟でも可愛がっていた父は、真実を知れば悲しむだろう。だが、暗殺されかけたアレクセイとしては、ピョートルを討つきっかけを作ってくれたコンラートたちには感謝しかない。

明日には、城の裏山でピョートルが絶命しているのが見つかるはずだ。

アレクセイは剣を振りかざした相手に防戦しただけだが、その代わり、咎《とが》を負うべきはピョートルであることを、王に証明する必要がある。

脱出の翌朝、自分が生きていることを王に知らせる前にと、アレクセイは動き出した。

密かにコンラートを通じて他の部下たちに通達を出し、味方を集めた。まだ動けない大切なミハルと赤ん坊のいるルミール医師の邸宅に厳重な警護を置いてから、態勢を整え、一気に動いた。

まず、突然主人が消え、混乱しているピョートルの部下を全員捕らえた。

「ピョートル殿は死んだ。叔父は王太子である私の殺害を企てた犯罪者だ。彼の罪を隠し立てする者は、叔父と同罪として処分する」と、アレクセイが最初に明確に告げると、部下たちは動揺していたが、誰一人としてピョートルを庇おうとする者はいなかった。

それから、ピョートルの側近を詰問し、自分の暗殺計画を含め、彼の悪事について知っていることをすべて吐かせてから、証人として王の元へ連れていった。

出産を終えたミハルが落ち着くまでの間に、アレクセイはピョートルのあらゆる罪を暴いた。闇賭博の罪をねつ造し、館からミハルを追い出すようにと善人のバーゼル卿を脅したことも判明した。捕らえたピョートルの部下たちのうち、悪辣な者は投獄し、罪のない者にはやり直すきっかけを与えた。

弟の死と、彼が自分の跡継ぎを手にかけようとした事実を知らされた国王は、かなりのショックを受けたようだ。だが、ピョートルを信じ切っていた自らの甘さを悔い、アレクセイの命を危険に晒したことを詫びてくれた。

自らの部下を全員元の地位に戻し、以前の日常が戻ってきた頃、アレクセイの元に、ルミール医師からの使者が訪れた。ミハルが回復し、ようやく歩けるようになったらしい。

アレクセイがすぐさま向かうと、しばらくの間ルミール医師の邸宅に滞在させてもらっているミハルは、花が咲いたような嬉しげな笑顔を見せた。

寝室で、眠っている双子をしばらくふたりで眺めたあと、子供たちを乳母に託してから、続き部屋の居間に移動する。コンラートの采配で、この館でも世話をしてくれているジェミヤンが、ミハルの好きなお茶を運んできた。慣れた使用人に、ミハルもホッとしている様子だ。

ミハルと双子の元には毎日のように時間が空くたび会いに訪れていたが、まだ体調が戻り切っていないミハルは横になっていたり、眠っていたりすることも多く、アレクセイは寝顔をそっと見るだけで帰るときも多かった。

医師からは、長く話をするのはもう少し体調が戻ってからでと言われていたので、再会してからふたりきりでゆっくり会話をするのはこれが初めてだ。

長椅子に腰を下ろしたミハルは、少し痩《や》せてしまっているのが痛々しい。

「僕……貧血だったせいか、山でアレクセイ様を見つけたときのことが、どこまで現実だったのかが、よくわからなくて……」

アレクセイが差し入れた寝間着にガウンを着て、ミハルはアレクセイを見つめる。彼の隣に座ったアレクセイは「おそらく、ほとんどが現実だと思うぞ」と苦笑いを浮かべた。

「王城の裏山で、アレクセイ様を捜していたとき、ピョートル様が亡くなっていたのを見ました……いったい、なにがあったのですか？」

不安そうに訊く彼に、アレクセイはこれまでの出来事を少しずつ話した。

ピョートルの一連の策略と、閉じ込められた自分が、いかにして脱出できたかを。

「……いまから思い返してみると、叔父は国護りの儀式を続けることに、誰よりもこだわっていた。おそらく、そのときから、私を邪魔に思い、殺そうと計画していたんだろう」

アレクセイは、それまでにピョートルが行っていた悪事についても淡々と説明した。

ピョートルは、任されていた慈善の館の運営資金のほとんどを横領して、自らの懐に入れていた。資産家のはずの彼がまさかと誰も疑わずにいたけれど、困窮した民や他国からやってきた者たちに与えられるべき支援を、ごっそりと叔父は掠め取っていた。ミハルの店に入った強盗も含め、国内からいっこうに強盗が減らないのは、まさにそのせいだったのだ。

国王である兄とともに、母方の親族から莫大な財産を半分ずつ相続したはずのピョートルは、法外な掛け金の闇賭博にのめり込み、相当金に困っていたらしい。

「慈善の館に口を出せば、嫌がらせや妨害があることくらいは警戒していたが、私に横領の事実を暴かれないために、暗殺しようとするなんて考えもしなかった……父も私も甘かったが、身内を疑うのは難しい。話し合えばわかると思い込んでいた」

苦々しい気持ちで話すと、ミハルも信じられないのか呆然としている。

アレクセイは、彼の前の代に〝しるし〟が現れた曾祖父が亡くなる前に、口頭で、聖なる宮に用意されている非常用の入り口の話を聞かされていた。

正面の入り口は外側から閉じられることになる。宮の奥の洞穴は広いけれど、その中で一年を過ごすには限界がある。

だから、代々の〝しるし〟のある者は、時折もうひとつの入り口から抜け出し、山を走り回って息抜きをしながら責務を果たしてきた。そこは、万が一のときの避難口にもなるから、と言われ、次の役目を果たす者に伝えるようにと言われていたそうだ。

「更にもうひとつあるという秘密の入り口について、別れの夜に君から伝えられたときは驚いた。だが、教えてくれて本当に助かった」

〝しるし〟を持つ者に伝えられる入り口のことは探り出したピョートルも、ミハルが教えた密かな入り口については知らなかったようだ。

そう言ってアレクセイはミハルを見つめて苦く笑う。

「君に教えてもらった入り口がなかったら、コンラートたちが複雑な洞穴の奥にいる私を見つけるまでもたず、さすがに抜け出せず、飢え死にしていたかもしれない。なにせピョートルは、食料を差し入れる者たちまで自らの手の者に変えたらしく、いつからか食べ物が届かなくなったんだ。夏から秋にかけての時期だったから、山で食料を調達できたのは幸いだったが、洞穴の中に食べ物を保管しておくのは難しい。閉じ込められたあとは、初めての飢えに苦しみながら湧水を飲んで空腹を誤魔化し、埋まりかけた出入り口を必死で掘ったよ」

アレクセイはミハルが教えてくれた出口を掘り進めてやっと脱出し、そのあとでとどめを刺しにきたピョートルと遭遇した。そこで剣を突き出してきた彼と争いになった話をした。

なんとかピョートルを仕留めたはいいが、戦う最中にアレクセイは自らも大怪我を負った。獣人は強靱な躰を持ち、そう簡単に死ぬことはないけれど、思った以上の深手と出血で動けなくなってしまった。

それを見つけたのが、アレクセイを捜し続けていたミハルだった。

「そうだったんですね……」

沈痛な面持ちでミハルは小さく頷く。彼がその手をそっと取る。

細い手首にはもう傷痕はない。けれど、たくさんの血を流したそこを優しくなでながら、アレクセイは訊ねた。

「私にも、わからないことがある。君は、私の命を助けてくれたんだな……？」

びくっとミハルの細い肩が揺れる。怯えたみたいな目で見る彼を安心させるように、アレクセイは小さな手を優しく握った。

「獣の姿の私に君が血を飲ませてくれたとき、不思議な感覚があった。もうだめかと思うほど苦しかった呼吸が唐突に楽になり、なぜか傷が塞がっていくのがわかったんだ」

思い返しても、それはまるで夢のような出来事だった。注がれた血が喉に落ち、飲み下すたびに、アレクセイの躰は蘇っていくようだった。傷が治癒するだけではなく、みるみるうちに力が漲《みなぎ》っていったのだ。

「あれは夢ではなく、現実で、君が私の命を繋いでくれた……教えてくれ、ミハル。君の血は……なにか、特別なものなのか？」

ミハルは観念したように、なぜか悲壮な表情でこくりと頷く。

それから語り始めた彼の話には、ルサークの王太子であるアレクセイも知らないいくつかの事実があった。

それは、恋をしたアレクセイにも告げられなかった、彼の一族の話だった。

「ルサークは、祖父母の故郷と言いましたが……実は、もっとずっと古くから、僕の一族は、この国に住んできました。もともとは城の裏の森に住む薬師で、一族の躰を使って様々な薬草を試す中で、とても珍しい体質の者が生まれたんだそうです」

ミハルの祖先で、始祖と呼ばれているその者の血は、飲むとあらゆる万病や怪我に効くという類稀《たぐいまれ》な効果があった。

彼はとても長生きで、男だけれど子を産むことができた。

一族と王家との関わりは、あるとき、〝しるし〟を持つ王が儀式の最中に死にかけたことから始まった。山に住む始祖は、助けを求める王の声を聞いて山の民だけが知る自然の出口に導き、血を与えて王の命を救ったのだ。

その功績から、始祖は王の近くに召し上げられた。

始祖はそれからも、何代もの王に仕えて、彼らを様々な病や怪我から救った。どの王にも奇跡の存在として褒美を与えられ、始祖は一族ごと、城の奥で大切に守られていた。始祖の身を守るため、その存在は伝説のように語られるだけで、王族だけのひそかな秘密だった。

当然のことながら、彼の血はすべて、王やその周囲の者のために捧げられていたが、始祖が七百年にも亘る長い命を終えて、彼が最後に仕えた王も寿命を迎えて亡くなると、不穏な空気が流れ始めた。

病に苦しむ末端の王族が情報を嗅《か》ぎつけ、奇跡の血を求めて動き出したのだ。

だが、もう始祖はいない。

その代わりとして、始祖の子孫たちは、子供や赤子までもが、奇跡の血を持つ者として狙われるようになった。

次代の王はまだ若く、王族の暴徒を制御できずにいたのも不幸を煽《あお》った。

拒む者は捕らえられ、ミハルの父の弟のように、大量の血を奪われて亡くなる者も出た。

始祖のように敬われることはなく、もし捕まれば、血を奪うための生き物として扱われるのはわかりきっていた。

やむなく彼らは逃げるように身を隠し、捕らえられた者以外は、命を守るために国を出た。懸賞金がかけられ、犯罪者のように追われる羽目になった者もいた。

一族はルサークの王家に仕えた始祖の血族であるという正体を隠し、命を狙う追っ手から逃れるため、各国へ放浪の旅に出ることになった――。

幼い頃から父母に聞かされてきた話を、ミハルは淡々と話す。

「僕達も、ずっと追っ手から逃げていました。数年前、追っ手はもういないということにやっと気づいたけど、父は信じてくれませんでした。きっと、国を出て数年は、旅をしながら幾度も命を狙われて、生け捕りにされそうになったからだと思います」

悄然と言うミハルは、「……本当は、追われる必要なんてなかったのに」と呟いた。

「……どういう意味だ？」

アレクセイが訊ねると、ミハルは悲しそうに説明する。

「実は……追っ手たちには伝わっていない事実があったんです。薬師だった始祖の血は、確かに、王以外のあらゆる人にも効き目がありました。でも、そのすべての力が子に受け継がれることはなかったんです」

ミハルは、じっとアレクセイを見つめた。

「子孫たちの血は、始祖の血とは異なり……どうしてなのか、心の底から愛している相手だけしか救うことができないそうなんです。だけど、その点については伝わらず、初代の血の桁外れな効力だけが、伝説のように独り歩きして、一族の者は、誰もが血を奪うため、無差別に命を狙われたと聞いています」

「そうか……追っ手にそれを伝えても、信じなかっただろうしな……」

言いながら、アレクセイは苦い気持ちになった。

薬師の子孫を捕らえた追っ手には、おそらく莫大な報酬が約束されていたはずだ。効果がないとどれだけ訴えたところで、保身のための嘘だと思い込んで信じる者はいなかっただろう。

「子孫たちは、ただ普通に、穏やかに暮らせれば、それだけでよかったんです。でも、薬師の血を引く彼らには、血の特徴ではなく、始祖の極めて珍しい特徴が遺伝していました」

ミハルはなにか言いたげな目で、アレクセイをじっと見つめた。

「一族の者は皆、ある一定の若さで見た目の老化が止まり、そのまま長い時間を生き続けるんです。それは、万能の薬となる血を持たなくても、なにか異能があると信じられてしまいそうな特徴でしょう……？」

だから、身を隠すか、逃げるかしかなかったんです、と聞いて、アレクセイはふと眉を顰めた。

どこか悲しそうなミハルを改めて見返す。

二十歳だという彼は、明らかにもっと若く見える容貌をしている。

そして、ミハルは自らの血を与えることで、瀕死のアレクセイを助けた――。

「つまり……君は……ルサーク王家に仕えたその薬師の末裔、ということか……？」

驚いて訊ねると、静かにミハルは頷く。

奇跡の血を持つ薬師の子孫たちは、元は始祖とともに王の庇護を受けた薬師として、平和に暮らしていた。

だが、始祖と王が立て続けに亡くなり、命の危機に晒されるようになったことで、やむなく身元を隠して暮らし始めた。追われているため、国内でも国外でも、知識はあっても薬師としては働けず、皆が職業を変えるしかなかった。

けれど、子孫たちは、ささやかながら人々を癒す不思議な力を持っていた。皆がその力を頼りに、国を出て行った。

ミハルたち一家は父が料理好きだったことから、パンを作って生計を立てた。それがわずかながら特別な力を活かす手段になり、流浪の身である彼らの生き甲斐となった。

ある一定の年齢で見た目の老化が止まり、際立って長寿であることは、一家がひとつの場所に定住できない大きな理由のひとつだった。

異端の特徴は、無害であっても迫害の対象になる。始祖は神の使者のように崇められたけれど、守護してくれる王が亡くなったあとは、血を狙われる特徴であり、決して知られてはならない一族だけの秘密となった。

「……アレクセイ様と初めて出会ったとき、埋葬してくれたマリカは……、兄じゃなくて、本当は僕の母なんです」

その告白に、アレクセイは衝撃を受けた。

ミハルと同じように、男でも子が産める躰だったのだろう。だが、マリカはどう見ても二十歳そこそこにしか見えなかった。ミハルを産んだにしては、あまりに若すぎる。

考えを巡らせかけ、ハッとする。

「じゃあ、君の年齢は……」

「僕の年は、本当にお伝えした通りです。今年で二十一歳になりました。父は百八十歳で亡くなりましたが、二十代半ばの青年にしか見えませんでした。母のマリカも、昨年亡くなったときの年は、百五十歳を越えていたはずです」

驚異の年齢だった。彼の父には会ったことはないが、母のあの亡骸の若さを思い出せば、確かにひとところに長く住めない理由が理解できる。

「きっと、信じてもらえないと思って、どうしても、いままで言えなくて……嘘をつくことになってしまって、すみませんでした」

申し訳なさそうに謝られたが、アレクセイは構わないと伝えた。

（しかも、百歳を超えて出産できるということは、見た目ではなく、体内も若いままだというわけか……）

アレクセイは内心で感嘆する。

彼らは異端の存在というよりも、むしろ人知を超えた一族だ。

マリカとミハルの容貌の際立った美しさからしても、若いまま長寿で、対象は限定されるにしても、薬となる血を持つところからも、まるで神からの特別な寵愛《ちょうあい》を受けた存在のように感じられた。

だが、彼らが年を取らないことを知れば、恐れる者もおそらくはいるのだろう。

「両親は、それぞれ奇跡の血を持つ薬師の直系の孫で、従兄妹同士なんです。父は子供の頃、祖父にあたる始祖と一緒に暮らしていたそうで、過去のルサークの話をたくさん聞いていました。儀式に赴いた王を助けた話は、そのときに聞いていたので……聖なる宮に土砂崩れが起きたと聞いたとき、もしかしたら、と思って、思い当たる場所を探したんです」

「ああ……その話のおかげで、私は救われたんだな……ありがとう、ミハル。父上と、それから始祖の方にも感謝せねば」

感慨深く言うと、嬉しげな彼の目がじわりと潤む。

それから、ミハルは本当の父の遺言はルサークには決して戻るなというもので、帰りたがっていたのは母のマリカだということを話してくれた。

「父は、弟を捕らえて殺した王族を憎みながらも、始祖が生きている頃までは、王もとても良くしてくれて、本当にいい国だったんだと言って、祖国を追われたことに苦しんでいました。命の危険さえなければ、父こそがルサークに帰りたかったんだと思います。だから、母も、どうしても僕をルサークに連れて戻りたかったんでしょう」

「……母上は、死ぬ前に、なんとかしてミハルを、一族と合流させたかったんだろうな」

アレクセイは父母の気持ちを代弁するような気持ちで言った。

「一族は、なぜか子供ができにくい体質の者が多いそうです。だからか、両親が百歳を超えたあとでやっと生まれたのが僕だったそうです。『もうすっかり諦めた頃に授かった。ミハルは神様からの贈り物だよ』と母はいつも言っていました」

悲しげに話すミハルの手を、アレクセイはぎゅっと握る。父母の話をする彼が痛々しくて、愛しい。

せめて、もうひとりではないのだと伝えたかった。

目を潤ませるミハルの肩をそっと抱き寄せる。

「あ、あの……僕のこと、気持ちが悪くはないのですか……？」

おずおずと訊ねられて、驚いてアレクセイは彼の顔を覗き込む。

「気持ちが悪い、とはどういう意味だ？」

「まだどうなるかはわかりませんが……僕はおそらく、とても長生きな可能性があります。百年か、もしくはもっと……。もしかしたら、双子たちにも、その血が受け継がれているかもしれないんです」

怯えたように言うミハルは、その不思議な血の秘密と、知られれば化け物と呼ばれる異様な若さが、子にも受け継がれることを恐れているようだ。

それが怖くて、結婚したり、子を作ったりということを考えられずにいたようだ――アレクセイに出会うまでは。

すべてを自分に打ち明けたミハルが、いまもどこか怯えている様子なのがなぜなのか、やっとアレクセイにも理解できた。

ミハルは異端と呼ばれる恐怖を抱えながら生きてきた。しかも、誰かを愛しても寿命が違い、ひとり残されてしまう不安までもが彼には絡みついているのだ。

アレクセイは、ミハルの背中に腕を回してそっと抱き締めた。

「そんなことで君を恐れるなど、天地がひっくり返ったとしても決してない」

きっぱりと言い切り、額を擦り合わせると、彼の口元がホッとしたように緩む。

しばらく考えたあと、アレクセイは言葉を選びながら口を開いた。

「――ミハル。私からも聞いてほしい話がある」

ミハルはなんでしょうというようにこちらに目を向ける。

「実は……君の父上や母上が言っていた『生き残りの一族』というのは……私のことかもしれない」

「え……？」

ミハルが怪訝そうに首を傾げる。

「曾祖父から、昔々、我が国には、年を取らない不思議な薬師の一族がいたという話は聞いている。

彼らは長い間、神のように敬われる存在だったが、ある戦乱の時代に、一族全員が行方不明になり、公には、自主的に国からこつ然と姿を消したことになっている。私の母は、実は、自分がその一族の生き残りだと密かに俺に教えてくれた。母は五十代だが、不思議なくらい若く見える。それに、少し前に亡くなった母方の祖母は、実は……二百歳まで生きた特別な人だった」

「それは、まさか……」

目を丸くして、ミハルは息を呑む。アレクセイは頷いた。

「祖母は、間違いなく君ら薬師の血族だったんだろう。つまり――君の母がどうしても会わせたかった〝親類〟は、どうやら、私たちのことだ」

信じられないのか、ミハルは息を呑んで話を聞いている。

「我が祖母も、一度は追われて身を隠すしかなかったようだが、心ある王族によって匿われた。始祖の子孫たちの血の特性を正しく理解していた者も、王家の中にはいたようだな。その後は、万能だった始祖の血とは異なり、いくら子孫たちの血を奪っても無駄だったという経験談が広まった。血を目的として彼らを捕らえれば厳罰に処され、少しずつ子孫たちが追われることもなくなっていったようだ」

「そう、だったんですか……」

その縁もあり、祖母は恩人である王族に嫁いだ。その後生まれた母は、当時王太子だった父と出会い、妃として迎えられることになったという話を伝えると、ミハルはまた目を丸くしている。

「それに、いまでは我が王家の長寿さは民の皆が知っていて、奇跡だと崇められている。だからもうどれだけ長生きをしたとしても、ミハルが異端と呼ばれる心配はないんだ」

そう言うと、ミハルがびくりと肩を震わせる。

細い背中に腕を回してそっと抱き寄せる。思いを込めて髪に口付け、アレクセイは囁いた。

「ミハル、これからは私がいる。寿命だから確証はないが、きっと他の者よりも、始祖の血を引いている私がミハルといられる時間は長いはずだ。もし、私が先に逝くことがあったとしても……私の血を引く双子が、君とともにいる。二度とひとりにはしない」

宣言すると、ミハルは躊躇いながら、アレクセイを見上げてきた。

こくりと頷くと、大きな目が涙で潤んでいく。

アレクセイは、生まれてからずっと、秘密を隠しながら生きてきたミハルの恐怖を思った。

——それが、どれだけ孤独なことか。

涙を唇で吸い取り、ミハルの頬を手で包み込む。アレクセイの手にすっぽりと包めてしまうほど、小さな顔だ。

「イヴァンから聞いたが、町の者たちが言っていたそうだ。『王太子が生き埋めになったと知らされたあと、ミハルは毎日のように早朝から日暮れまで捜し続けた。何日も経って、皆が本当はもう無理かもしれないと諦めかけていたときも、ぜったいに見つけるのだというあの子の強い気概を感じて、やめるわけにはいかなかった』と」

アレクセイが言うと、そのときのことを思い出したのか、ミハルが困ったように視線を彷徨《さまよ》わせる。

「だが、双子のいる身重の躰で毎日山を歩き回るなんて、恐ろしい無茶をする。しかも、その躰で、私に血を分けるなど……」

顔を顰めて、もう二度としないでくれ、とアレクセイは彼に厳命した。

「だ、だって、夢中だったんです……それに、まさか双子だったなんて知らなくて」

ミハルは困惑した顔で言う。

「……とはいえ、ピョートルには、私を助けるつもりなどまったくなかったようだからな。私がいま、ここで生きていられるのは、諦めずに捜し続け、奇跡の血で命を与えてくれた、君のおかげだ」

見つめ合っているうち、ミハルの目から堪えていた涙が溢れる。

必死の捜索を続けながらも、ミハルは皆の前で動揺を見せることはなかったという。

愛らしく小柄な躰には、勇ましく強い凛《りん》とした心が宿っている。それをもう、アレクセイは誰よりもよく知っている。

彼が自らの血で自分を救ってくれたこと――そのことこそが、ミハルがアレクセイを心の底から愛しているという揺るぎない証明だった。

もしアレクセイが危機に陥れば、ミハルは何度でも自らを危険に晒して血を与えようとするだろう。だからこそ、二度と彼にこんな方法を取らせずに済むように、強くならねばとアレクセイは自分に言い聞かせる。

「……僕は、アレクセイ様が必ず帰ってきてくれると、信じていました」

感慨深く言うミハルの目からは、とめどなく涙が溢れてくる。

彼の美しい涙を唇で吸い、アレクセイはすまなかった、と囁いて、額を擦り合わせる。

「これからは、ずっと一緒だ」

小さな唇に唇を重ねると、おずおずと項に細い腕が回される。

彼を再び腕に抱ける幸福を噛み締める。

細い躰を抱き締め、もう二度とミハルを離すまいとアレクセイは強く心に誓った。

＊

傷が癒えて、体調が回復すると、アレクセイは両親である国王夫妻に婚約者としてミハルを引き合わせてくれた。

アレクセイと同じ獣人の国王は高齢らしく、黒い獣耳は白髪交じりだ。ここのところは体調が優れず、普段は病床にいるというが、ミハルが挨拶に訪れた日は不調を見せない様子で身を起こしていた。

息子から、ミハルが薬師の血を引く者だと聞いた王は、一家が追っ手を恐れて国から逃げていたと知ると沈痛の面持ちで「王として、過去を謝罪したい」と言った。

彼は一族の迫害にはいっさい関わってはいない王だというのに。

「辛い思いをさせたが、よく戻ってきてくれた」と言われて、ミハルは両親が生きていたら、この言葉を伝えてやりたかったと心から思った。

そして王妃も、「大変な思いをしたわね」と痛ましげな表情を浮かべて声をかけてくれる。

彼女は、ミハルと同じ一族の血を引いているという。その証拠のように、想像はしていたが、驚くほど若い。五十代半ばのはずだが、まだ二十代の娘のようにしか見えない王妃は、アレクセイに面影の似た黒髪の美人だ。

「一族はとても数が少ないから、ミハルのご両親と私の母は、きっと顔見知りね」と彼女は残念そうに言う。生存していて連絡が取れる者は、皆結婚式に招待しましょうと言われて、ミハルは目を瞬かせた。

「あら、どうして不思議そうなの？　アレクセイ、あなたミハルにちゃんと求婚はしたの？」

「もちろんした。儀式の義務さえなかったら、いま頃は結婚式だって終えているはずだ」

頰に手を当てて怪訝そうな王妃の問いかけに、彼は憤慨したように答える。顔が似ているが、王妃が若すぎるので、親子というよりまるで姉弟みたいだ。

「でも、ミハルには伝わっていないみたいよ？」

驚いているもの、という王妃の言葉で、アレクセイが隣の自分をじっと見つめた。

「ミハル……いまはまだ子を産んだばかりだから、落ち着いてからで構わない。私と、式を挙げてくれるか？」

「アレクセイ様」

「すでに私は君の伴侶のつもりだが、神の前で愛を誓い、正式に披露目をして、国民に君が私の妃だと知らしめたい」

真剣な目で乞われる。改めて頼まれて、これまで事故のショックや出産の慌ただしさでそれどころではなく、結婚式など考えたこともなかったミハルは戸惑った。

自分が正式に彼の妃になる――。

気後れは当然ある。けれど、彼が一時行方不明になり、獣の姿で死にかけていたときの恐怖を思い出すと、そんな感情はごく些細なものに思えた。

自分などが、という気持ちは、きっといつまでも消えないと思う。

だが、愛している人に、神の前で誓いを立てたいと望まれて、嬉しくないわけがない。アレクセイの真摯な想いが、ミハルの中に残る躊躇いを消してくれた。

「はい……あの、僕も、結婚式、楽しみです」

頬を染めながら素直に受け入れたミハルを、アレクセイが嬉しげに抱き寄せる。

まあまあ、とにこにこ顔で微笑む王妃と、しみじみとした顔で何度も頷く王の前で、式を挙げることが決まった。


式の日取りが決まると、準備はどんどん進んでいった。

アレクセイからは、早速城に住んでほしいと頼まれたが、式を終えるまではそれは躊躇われた。ミハルは双子を連れて世話になったルミール医師の邸宅を辞して、いったんアレクセイが買い取った元バーゼル邸に移らせてもらった。

結婚式を済ませてから、城に引っ越したいという気持ちをアレクセイは渋々ながらも酌んでくれたが、安全のため、元バーゼル邸にはかなり強固な警備が配置されることになった。

そのうえ、「双子と君になにかあっては心配だ」と言い、怪我が治ったアレクセイもともに住むことになった。乳母が雇われ、育児経験者のレナータもたびたび助けに来てくれるのが心強い。初めての育児に右往左往していたミハルは、アレクセイが意外なほど子供をあやすのが上手で、そばにいるときはミハル以上に双子を気にかけてくれるのに驚いた。

「子供は好きなんだ。亡くなった弟の世話もよくしたし、その下にまた幼い弟も生まれたからな」

と目尻を下げて言われて、そういえば彼がミハルのことも事細かに世話焼いてくれたことを思い出す。

アレクセイは王太子として生まれたけれど、生まれながらにして儀式に行くことが決まっていた。物心ついたときにはそれを知ったはずだ。

彼がなにを置いても自分の代までは儀式に赴くと頑なに決めていたのは、可愛がっていた弟たち、そして未来の子孫を儀式の犠牲にしたくないという強い思いからだった。

更に、生まれた双子のことも、目の中に入れても痛くないほど溺愛《できあい》している。

アレクセイは愛情深い人だ。

運命に翻弄《ほんろう》された両親を、生きている間にルサークに帰らせ、アレクセイと双子たちに会わせることができたらと思うと切なくなる。

『ルサークに帰ろう』と母が強く説得してくれなかったら、ミハルはルサークを目指すことなど考えもしなかった。ミハルはどこか遠い国でひとりそっとパンを作り続けて、孤独に命を終えたはずだ――両親の祖国に、運命の人がいたことも知らずに。

これまでのことを感慨深く思う。

ミハルは、彼と巡り合わせてくれた運命に静かに感謝を捧げた。


婚礼衣装は、服にあまりこだわりのないミハルには特に希望がなく、王妃御用達《ごようたし》の仕立屋に作ってもらうことになった。何度か試着を重ね、当日出来上がった衣装は、純白のドレスに金色の刺繍と細かい房飾りのついた、なんとも上品で美しいものだった。

それに繊細なベールと今朝摘んだばかりの花で作った花冠を着けるのが、ルサーク王家の習わしらしい。

「まあ……なんて綺麗なの、ミハル」

珍しくお洒落をしたレナータは、支度を終えたミハルを見て頬を染め、うっとりしている。

ジェミヤンはなぜかミハルの晴れ姿に涙ぐんでいて、世話になった皆の反応に、式の前なのにミハルまでもらい泣きしそうになってしまう。

今日は生後三か月になった双子も式に出席する。レナータは一家で参列するので、乳母とともに双子の世話をしてくれることになっている。

時間が来ると、これまで見た中でいちばん豪華な金装飾で彩られた王家の紋章入りの馬車が、元バーゼル邸の前まで迎えにやってきた。

ミハルはレナータと乳母に双子を託し、小さな額にキスをする。使者に導かれて城に向かった。


王太子の結婚式は、城の中にある王家の礼拝堂で行われる予定だ。

諸外国の賓客と、ルサーク王家の人々に薬師の親族たち、それからコンラートを含めた軍の者たちと、ふたりの身近な人々がすべて招待されている。

ミハルの家族代わりとして、親族の席にはレナータ一家といつも力になってくれる使用人のジェミヤン、それに双子を取り上げてくれたルミール医師が座ってくれることになっている。もう家族はいないミハルにとっては、とてもありがたい。それから、今日は王妃が招いた国に残っている薬師の親族も招待に応じてくれて、会えるのが楽しみだ。

なぜだかすっかりミハルを気に入った王妃が『私もミハルの親類のひとりだし、良かったらミハル側の母席に座ってもいいいしら？』と言い出して、慌てた周囲に止められていた。

「――ミハル」

馬車が城の前に着く。前庭を通り抜けて礼拝堂のそばで降ろしてもらうと、アレクセイが入り口で到着を待っていてくれた。

彼は式のために、凝った銀の刺繍と縁取りをあしらった黒い上着に、白いズボンを穿き、マントと剣を身に着けている。躰に沿った服と膝下までの黒いブーツが、長身で体格のいい彼の姿をいっそう引き立てている。

明らかな王族の気品が漂い、圧倒されるほどの存在感がある。

見慣れているはずのミハルが一瞬言葉を失うほど、今日のアレクセイは美しかった。

事故から救出された王太子が、平民のパン職人、しかも男を花嫁にするという話は、瞬く間に国中を駆け抜けた。

本来なら身分違いだと批判の的になるところだろうが、男の身で孕んだことから、伝説の薬師の一族ではないかという噂が流れた。また、生き埋めになった王太子を諦めず、身重の躰で必死に捜し続けた話もいつの間にか広まった。そのおかげか、ミハルは国民から称賛され、王太子の結婚相手として受け入れられたようだった。

生まれた双子は、おそらくはミハルと同じ、愛する者だけを助けられるという特別な血と、癒しの力、そして人よりも長い寿命を持つはずだ。

アレクセイは、「国護りの儀式」の最中に自分の命を狙ったピョートルの一件を取り上げ、代々の儀式の間に起こった不幸な事件と合わせて、議会に問題提起をした。話し合いを重ねた末、現国王の強い後押しもあり、最終的に儀式は彼の代で最後になることが決まった。

万が一、あの儀式が続けば、王太子妃となったミハルの子供である双子の、更に子孫が犠牲となる可能性があった。

アレクセイが長きに亘る因習を壊してくれたことで、ミハルも安堵の気持ちでいっぱいになる。

そのおかげで、今日をなにひとつ心を煩わせるものがなく迎えることができた。

「来てくれたか、ミハル」と囁いて、アレクセイは到着したミハルの手を取ってそっと握る。

「は、はい」と言って、ミハルは少しはにかむ。子供たちのことを訊かれて、いまレナータと乳母に連れられて教会の中に入ったはずだと伝えると、彼はホッとしたように頷く。それからかすかに目を眇めた。

どうしたのだろうと不思議に思っていると、「いや……婚礼衣装を着た君があまりに綺麗で、眩暈がしそうになっただけだ」と真顔で言われて、ミハルは微笑んだ。

「そんな」

「本当だ。神々しいくらいに可愛らしい。似合いすぎていて、誰かに攫《さら》われてしまいそうだ。私以外の誰にも見せたくない。もし許されるのであれば、このまま抱き上げて寝台に連れていき、閉じ込めてしまいたいくらいだ」

そっと端正な顔を近づけてあらゆる言葉で褒め称えられ、顔が熱くなる。

内緒話をしているミハルたちを、少し離れた後ろのほうで目を輝かせて見つめている者たちがいる。

ミハルの長いベールの裾を持つ役目を請け負ってくれた、レナータの娘のニーナと、アレクセイの末の弟のドミトリーだ。ニーナはミハルが手にしているブーケと揃いの花冠を被り、ドミトリーはアレクセイとよく似た小さな獣耳を頭の上に生やしている。同い年のふたりは、最初に会ってからすっかり仲良くなったらしい。

「ふたりとも、いいと言うまでちょっと目を閉じていてくれ」

係の者が扉を開ける前、なにを思ったか、弟たちに謎の頼み事をすると、アレクセイは唐突にミハルを抱き寄せた。

「アレクセイさま……？　んっ！」

身を屈めてきた彼に掠めるように唇を奪われて、驚きでミハルは目を丸くする。

慌てて見ると、扉を開ける係の者は、にこにこしながらミハルたちの準備が整うのを待っている。ニーナとドミトリーは目隠しをした指の間からこちらを見て「キスした！」と大喜びだ。

アレクセイから〝式のあとが待ち切れない〟と囁かれて、今度こそ顔が真っ赤になった。

扉が開く寸前に、ふと、ミハルは自分が纏っている婚礼衣装の刺繍が、彼のものと対になっていることに気づいた。

これから自分はアレクセイの伴侶になる。

彼とともに人生を歩むのだという感慨深い実感が、そのときやっと湧いてきた。

＊

寝室の続き部屋で、ちょうど婚礼衣装を脱いだとき、部屋の扉をノックする音が聞こえた。

着替えの途中だったミハルはぎくりとする。

「――ミハル？　入っても構わないだろうか」

扉の向こうから聞こえるのは、つい先程まで一緒だったアレクセイの声だ。

「しょ、少々お待ちくださいませ！」

衣装を脱ぐ手伝いをしていた使用人のひとりが声を上げ、急いでミハルに夜着を着せかけてくれる。

ミハルが夜着の前紐を結ぶのを確認してから、もうひとりの使用人が急いで扉を開けに行く。

「ああ、すまない。着替えをしているところだったのだな」

夜着姿のミハルと婚礼衣装をたたんでチェストにかけている使用人を見て、アレクセイが謝罪してくる。

入ってきた彼はマントを脱いだだけで、まだ式に出た正装のままだ。

ミハルは他に用がないかと訊ねる使用人たちに大丈夫だと答えて、着替えを手伝ってくれた礼を言う。

ふたりが下がって扉が閉まるとすぐ、「なにかあったのですか？」とアレクセイに訊ねた。

結婚式が終わると、大広間に場所を移して披露の宴が始まった。

午後にはまず国内外の賓客を招待した昼食会が催され、続けて、親しい人々を集めての晩餐会が開かれた。どちらにも自国の料理が並び、国を挙げての様々な出し物があった。色鮮やかで可愛らしい意匠の民族衣装を纏った者たちが織り成すルサーク独自の歌や踊りは、出席した人々を大いに楽しませた。

長い祝宴が終わったのはつい先程だ。だから、ずっと一緒だったアレクセイとは、着替えのために別れたばかりだった。

それなのに、こんなにすぐにやってくるなんていったいなにがと、心配になってミハルが訊ねると、彼はなぜかじっとミハルの目を見つめる。

「いや……ちょっと気になることがあって」

「なんでしょう？」

「昼食会までは普通だったと思うが……晩餐会から、どうしてか君に元気がなくなったように見えた」

予想外の話にミハルは意表を突かれた。

「あまり食も進んでいないようだったし、体調でも優れないのかと気がかりだったんだ」

平静を保って笑顔を作っているつもりだったが、隣にいた彼にはすっかり気づかれていたらしい。

そういえば、会食中にも何度か『大丈夫か』と訊かれていた。

そのたびに笑顔で頷いていたつもりだったけれど、こうしてすぐにやってきてくれたところを見ると、彼はずっと自分のことを気にしてくれていたらしい。

「すみません、普通にしていたつもりだったんですけど……」

ミハルは彼の鋭さに内心で感嘆しながらも、思わずうつむく。

「謝る必要はない。なにがあった？　双子のことを気にしていたのか？」

「いえ、あの子たちのことは、乳母が定期的に使いの者を寄越して、様子を教えてくれていたので、安心していられました」

祝宴が終わってすぐに子供部屋に向かったが、ふたりともぐっすりといい子で眠っていてホッとした。

そのことを伝えると、アレクセイも安心したようにそうかと微笑する。

「――では、気落ちしていたのはなにが理由だ？」と改めて訊ねられ、ミハルは言葉に詰まる。

答えることを躊躇っていると、そっと手を握られた。

話してくれ、と優しく促されて、悩みながらも晩餐会の前に起きた出来事を打ち明けた。

『なあに、子供じゃない』

からかうような囁き声が聞こえたのは、晩餐会が始まる直前のことだった。

体調の優れない国王を除き、今日の主役のアレクセイとミハル、それから王妃は、訪れた客ひとりひとりから祝いの言葉を受けた。

そんな中、挨拶が終わって通り過ぎるときに、ぶつけられた囁きがそれだった。

自分が実際の年よりも幼く見えることは、ミハル自身がよく知っている。

将来は王位を継ぐ地位にあり、整った容貌に財力といったすべてを兼ね備えたアレクセイには、まったく吊り合わないということも。

隣に立ち、ちょうど別の相手と挨拶を交わしていたアレクセイには聞こえないくらいの小さな声だった。だが、ささやかな悪意は、浮き立っていたミハルの心を沈み込ませるのにじゅうぶんだった。

迷いながら打ち明けたミハルの話を聞くと、アレクセイは血相を変えた。

「君を侮辱したのは、いったいどこの家の誰だ？」

「お、落ち着いてくださいい、もう済んだことなんですから……！」

いまにもその相手に文句を言いに行きそうな勢いの彼に、ミハルは慌てた。

「だったら、落ち込んでいたのはなぜだ？　不快だったからだろう？」

そう訊かれて悩む。

ちくりとする言葉を投げたのが、どこの家の令嬢かは、実は覚えている。

挨拶をされたとき、笑みがぎこちなくて、まるで泣き腫らしたように目が赤かった。どうしたんだろう、と心配に思ったからだ。

――もしかしたら、彼女はアレクセイに想いを寄せていたのではないか。

だから、ただのパン職人ふぜいが王太子妃として迎えられ、華やかな結婚式が行われたことが腹立たしく、なにか言わずにはいられなかったのだろう。

ルサークで生まれ育ち、結婚の宴にも招待されるような家柄の若くて美しい令嬢だ。きっと、幼い頃からアレクセイとの結婚を夢見ていたのかもしれない。

そう思うと、他の国からふらりとやってきて、偶然彼に拾われ、幸運にも求婚されるに至った平民の存在が気にくわなくても仕方ない。

ミハルは落ち着いて自分の気持ちに向き合いながら、アレクセイを見上げる。

「……僕、アレクセイ様を想う気持ちは、誰にも負けないつもりです」

そう伝えると、アレクセイはかすかに目を瞠った。

「だから、もう身を引くことはできません。でも……彼女は、もしかしたら僕よりずっと前からあなたに想いを寄せていたのかもしれないと思うと、ひとこと文句を言われるくらい、仕方ないかなって……」

ミハルの考えを聞いた彼が、腰に手を当てて小さく息を吐く。それから、どうしてか困惑したように視線を彷徨わせた。

「アレクセイ様？　――わっ⁉」

どうしたのかと思っていると、ふいに屈み込んだ彼が、ミハルの膝裏を掬うようにして抱き上げた。そのまま続き部屋の寝室へと連れていく。

これからふたりで使うことになる寝室は、使用人の手ですでに燭台へ明かりが灯され、美しく整えられていた。

中央に天蓋《てんがい》付《つ》きの重厚な寝台が置かれた部屋には、寝台の両脇のテーブルの上に豪華な花が飾られていて、部屋全体がなんとも甘くいい香りに包まれている。

アレクセイはミハルを横抱きにしたままゆっくりと寝台の脇に腰を下ろす。それから、膝の上のミハルの髪に優しくキスをして、労るように背中を撫でた。

彼は少々呆れたように言う。

「……どこの家の娘かは知らないが、結婚式で花嫁に侮辱を働くような者には、わずかの興味もない。向こうも私がどんな人間であるかなどに興味はなく、ただ王太子の地位や王家の財産しか見ていないだろう」

顔を近づけてきたアレクセイが、間近からミハルの目を見つめる。

「私が愛しているのは、ミハル。君だけだ」

突然の告白に、どきっと胸の鼓動が大きく跳ねた。

ふたりきりのとき、彼が自分を見つめる目は特別だとミハルは思う。

普段はあまり大きく表情を動かさず、冷静なことの多いアレクセイの目が、なぜかミハルといるときだけは強い感情を映し出す。

保護者として気遣う目のときもあるけれど――いまのそれは、深い愛情を滲ませた情熱的な目だ。

戻ってきたあと、アレクセイは元バーゼル邸で暮らすミハルと双子に毎日必ず会いに来てくれた。けれど、式の準備と王の代理としての責務で忙しく、そのせいで、ここのところはあまりふたりきりになれる時間がなかったのだ。

だからか、久し振りに感じる自分だけに向けられる目の色に動揺して、頬が熱くなってしまう。

アレクセイは、儀式中の事故から生還し、無事に戻ってきたあとも、ミハルに口付け以上のことはしてこなかった。

だから、儀式に赴いたあの夜から、結婚式が終わった今夜まで、一年以上もの間が開いている。

すぐに抱かなかったのは、双子を産んだミハルの躰を気遣い、それから、式を終えてけじめをつけるためだ。

初夜が待ち遠しい、と何度も彼から言われたが、自分のほうこそ、どれだけこの夜を待ち望んでいたことかとミハルは思う。

「僕も、です……僕も、アレクセイ様だけ……」

恥じらいながら伝えた言葉に、アレクセイがかすかに目を瞠る。

結婚式が終わった。ふたりの間には子を授かり、もう自分たちは家族だ。

それなのに、彼とこうしていると、出会って恋に落ちたときの気持ちが鮮やかに蘇る。

見つめ合っているうち、心臓が早鐘を打つ。

初夜だけれど、初めてではない。けれど、いまは時間があるせいか、切羽詰まってなりふり構っていられなかった初めての夜よりも、なぜか緊張が強くなった。

愛しげに頬を撫でたアレクセイが顔を近づけ、そっと唇を重ねてくる。厚めの唇が食むようにしてミハルの唇を甘く吸い、彼の熱い舌が小さくて薄いミハルの舌をねろりと舐め回す。

くすぐったさと入り交じった淡い快感にぶるっと肩が震え、ミハルは無意識に縋るように彼の服を摑む。

「は、ぁ……」

一度口付けが解かれ、熱い息を吐いたが、すぐにまた濃厚なキスが降ってきて、唇を塞がれてしまう。

ねっとりとキスをしながら、彼の手が夜着の上からミハルの胸を撫でる。キスの刺激で膨らんださやかな乳首を探り当て、指先でそっと摘まんだ。

「……んっ、ん」

舌と胸を同時に弄られると、それだけでじわじわとした快感が腰にまで伝わる。

布越しの乳首を刺激されながら、歯の付け根や舌の裏側を巧みな舌で探られて、唾液を吞まれる。

熱を込めたアレクセイの口付けに、ミハルは頭がぼうっとしてくるのを感じた。

「ああ、可愛いな。もう興奮しているのか」

今夜のために仕立屋が作ってくれたミハルの夜着は純白で、袖と裾が長く、襟ぐりは大きめに開いている。肌触りのいい布をたっぷりと使い、臍の上辺りをリボンで結んで着るかたちだ。

いつの間にかその夜着の前合わせがずれている。腰から下があらわになり、反応しかけた小さな性器が顔を覗かせているのが見えた。

ミハルの反応に気づいたアレクセイが嬉しげに微笑む。

「わっ」

羞恥が湧いてとっさに手で隠そうとするより前に、半勃ちの性器を彼にきゅっと握られた。

そのままやんわりと扱かれて、彼の指がじわりと先端から滲み出た蜜を掬う。茎全体に馴染ませて、丁寧に扱き上げられ、ミハルは甘く喘ぐ。

「あ、あ……っ」

大きくて男らしい手は、驚くほど巧みに動く。

彼に触れられるといつも、ミハルはどうしようもないほど翻弄されてしまう。

「アレクセイ様……っ、あっ、ん」

すぐに出てしまいそうになったが、その前にスッとアレクセイは手を引いた。なぜ、と思って見ていると、次の瞬間、ミハルは軽々と抱き上げられ、寝台の上に仰向けに寝かされていた。

彼が纏っていた上着を脱ぐ。片方の手で自らのシャツの襟元を開けながら、ミハルの頭の横に手を突き、上から覆い被さるような体勢で伸しかかってきた。

アレクセイの手が腹に触れ、ミハルの寝間着の紐をそっと解く。前を開かれると、下着を身に着けていない躰がすべてあらわになる。

じっくりと熱い目で眺められて、肌がじわっと熱くなる。

見なくてもわかる。

小さな乳首は濃い色に染まり、すっかり尖ってしまっている。淡い金色の翳《かげ》りと、与えられた快感に上を向いた小振りな性器までもが明かりの下に晒されていることが。

まじまじと見つめる視線に、ミハルはまるで全身を彼に舐め回されたような疼きを感じた。

ふいにアレクセイがミハルの頤に触れる。

「獣の姿で洞穴の中に入ってから、何か月もの間、私がなにを考えていたかわかるか？」

わからない。軍のことだろうか、もしくは王家の……とミハルが頭の中で考えていると、答える前に彼が言った。

「――君のことだ」

予想外の答えに、どきっとした。

成熟した雄の色気を感じさせる笑みを浮かべ、アレクセイがミハルと目を合わせる。

「別れ際に忙しなく抱いたあの夜のことを、何度も思い返していた。初めての君をもっと大事に抱いてやりたかったたし、あのまま置いてきたことは気がかりでならなかった。元気にしているだろうか、ひとりで泣いてはいないだろうかと……責務を終えて君の元へ戻れる日を、ずっと待っていた……十か月近くの間、私の頭の中は、ずっと君でいっぱいだったんだ」

「アレクセイ様……」

驚きで胸がじんと熱くなった。

自分が彼を思っていたとき、アレクセイもまた、ミハルのことを考えていてくれたなんて。

会いたくて、早く戻ってきてほしくて、毎晩彼の無事を祈っていた。

躰は離れていたけれど、心は繋がっていたのだ。

指先でミハルの顎を捉えたアレクセイが、端正な顔を伏せて唇を吸ってくる。すぐに口付けが深くなり、ミハルは夢中で彼に応えようとした。

口腔内に入り込んできた彼の舌がミハルの小さな舌に絡みつく。

激しくキスをしながら、アレクセイの手がミハルの内腿を撫でる。ゆっくりと片方の膝を持ち上げて開かせると、指先がそっと尻の狭間に触れた。

後孔を指がなぞると、なぜかくちゅりと濡れた音がする。確かめるようにそこを弄りながら、アレクセイが言った。

「濡れているな……」

その言葉にぎくっとする。

「前に抱いたときも、香油で濡らしただけとは思えないほど濡れていた気がしたが、どうやら勘違いではなかったんだな」

思い返すみたいに言われて、顔が熱くなる。

ミハルの一族は、男でも子を孕める。だから、躰に熱が灯るとそこが濡れるのだろう——滾った雄を受け入れるために。

「香油はいらないくらい濡れている」

感嘆するように言いながらそこを彼に撫でられる。耐え難いほどの羞恥が込み上げてきて、ミハルは顔を手で覆う。

「い、言わないで……」

「責めているんじゃない、君の躰が私を受け入れようとしてくれていることが嬉しいんだ」

囁いたアレクセイが、ミハルの耳朶に口付ける。

「あ……」

滴りがじゅうぶんであるとわかったらしく、ゆっくりと彼の指が中に挿ってきた。

ミハルが痛がっていないかを確認しながら、固くて長い雄の指で、アレクセイは狭い内部をじっくりと弄ってくる。

なぜだか指を挿入されただけで余計に中が濡れてくる。増やされた指を動かされると、ぐちゅっ、ぬちゅっといやらしい音が鼓膜を刺激する。恥ずかしさでミハルは泣きそうになった。

そこを弄りながら、アレクセイは躰を下にずらし、ミハルの尖った乳首を舐め始めた。

美味そうに舐め回され、ちゅくちゅくと音を立てて吸われる。甘噛みされると刺激でびくんと躰が震え、呑み込まされている指を締めつけてしまう。

中を探るように動いていた指が、かすかな膨らみを捉える。そこを優しく押されて、ミハルの躰に衝撃が走った。

「アレクセイ様……っ、ま、待ってくだ……やっ、ん、んっ」

それは覚えのある感覚だった。固い指先で刺激されて、急速に躰の熱が高まっていくのを感じる。

慌てているうちにどうしようもなくなり、ミハルの性器からぴゅくっと濃い蜜が溢れた。

まだ指しか挿れられていないというのに、出してしまって恥ずかしい。

だが、彼は嬉しげに「気持ちが良かったんだな」と口の端を上げてミハルにキスをする。

それからも、アレクセイは少しも焦らず、ミハルのあちこちに口付けながら、執拗《しつよう》なほど丹念にそこを慣らした。

「はぁ……、あ、ぁ……っ」

とろとろに濡れて、柔らかくなるまでさんざん弄られ、ミハルは息も絶え絶えになった。

三本に増やされた指を楽に呑み込めるようにまで慣らしたあと、やっと指が引き抜かれる。

膝立ちになったアレクセイがシャツを脱ぎ捨て、ズボンの前を開く。狼の体毛と同じ、漆黒の濃い下生えから生えた獣の性器は、猛々《たけだけ》しく勃ち上がり、臍にも届きそうな勢いだ。

ぼうっとした目でミハルはすべてを脱いだ彼の躰を見上げた。

鍛え上げられたアレクセイの裸体は神々しいばかりに美しかった。

裸になったアレクセイは、ミハルの腕に絡みつく夜着を優しく剝《は》ぎとる。腰を持ち上げられ、彼の腿の上に尻を乗せる体勢になる。ミハルの脚が恥ずかしいほど大きく開かされた。

挿れるぞ、と言われておずおずと頷く。

押し当てられ、中を押し広げて挿り込んでくる性器は大きかった。息を詰めないように、必死で浅い呼吸を繰り返しているうち、濡れ切って慣らされたそこが、アレクセイの太い昂ぶりの先端を呑み込んでいく。

「はあっ、あ、あ……！」

硬い膨らみで中の感じるところを擦られると、腰の奥が痺れたみたいになる。軽く馴染ませるように腰を揺らされただけで、気づけばミハルの性器は大量の蜜を飛び散らせていた。

——先端を呑み込まされただけで、堪え切れずにまた達してしまった。

信じ難いくらいに我慢の効かない自分の躰をミハルは恥じた。

だが、アレクセイは半萎えのミハルのそこを優しく握り、「私のものでイったのか……可愛いな、ミハルは……」と、なぜか興奮したように上擦った声で囁いた。

身を重ねてきた彼に顔中を舐められ、唇を吸われる。

イって躰の力が抜けたミハルの様子を見ながら、彼はまた少しずつ腰を進める。

出したばかりの前を弄られているからか、拒む力はない。極太の性器が次第に深くまで挿り込んできて、ミハルは甘い苦しさに喘いだ。

アレクセイはミハルの膝や手やあちこちに口付けをしながら、じっくりと時間をかけてミハルの中に自らを収めていった。苦しいくらいに奥まで押し込まれた頃、尻に狼の獣毛が擦りつけられ、やっとアレクセイの性器をすべて呑み込めたのだと知った。ふっさりとした彼の豊かな尻尾がミハルの腰に回り、労わるみたいにさすさすと撫でてくる。

深く繋がっているだけで、全身が熱くて、どこもかしこもじんじんしている。

「ミハル……」

たまらなくなるような声で名を呼ばれて、陶然《とうぜん》とした目で彼を見上げる。アレクセイがゆっくりとミハルの腰を摑んで揺らし始める。

アレクセイの大きなものが中を限界まで押し開き、わずかに動かされるだけで、内壁を強く擦られる。愛しい者の熱を感じて、全身がえも言われぬ陶酔で蕩けたみたいになった。

「ん、ぁ……っ」

いつの間にか勃っていたミハルの性器から、ぴゅくっとなにかが垂れて、また腹の上を汚す。

それを見て、口の端を上げた彼が、少しずつ抽挿する動きを速めていく。

「あ、あぁ、んっ」

自分の中がアレクセイと繋がれたことを悦び、結合部から垂れるほどの蜜を零している。

繋がった場所が完全にあらわになるほど脚を持ち上げられ、膝が胸に押し当てられる。

彼の目には、ミハルの濡れた後孔がいっぱいに広がり、自分のものを呑み込んでいるさまがはっきりと見えていることだろう。

しかし、もうそれを恥じらう余裕すらもない。次第にぐちゅっ、ぬちゅっと淫らな音を立てて激しく突き込まれ、わけがわからなくなる。視界が潤んで、涙が溢れてきた。

「ああ、んっ!、ん……! アレクセイ、様……」

不安になって名を呼ぶと、ふいに背中に腕が差し込まれた。繋がったままゆっくりと抱き起こされる。

「ひ……っ、あ、あっ!」

あぐらをかいたアレクセイの膝の上に乗せられ、中に収まっている性器の角度が変わる。

刺激に驚いて身を硬くしたが、興奮し切った様子のアレクセイは動きを止めない。腰を摑み直され、やや強く下から突き上げ始めた。

「……、すまない、止められない」

苦しげに言われて、必死に首を横に振り、彼に抱きつく。

「や、やめないで」とミハルは掠れた声でアレクセイの耳元に囁いた。

「あうっ! ああっ、あ……んっ」

その途端、ずぶずぶと無理なほど奥まで犯されて、まともに息が吸えなくなる。甘美な苦しさがミハルの全身を痺れさせる。

ぴったりと彼のかたちに開かれ、感じるところを執拗に擦られ続けて、ミハルの前はまたとろりと薄い蜜を垂らす。

腹の奥で、アレクセイのものが激しく脈打っているのがわかる。

これ以上はないほど繋がっているという実感に、怯えと充足の両方を感じる。あまりの快楽に泣きながら、獣人の伴侶の猛烈な求めに必死に応えようとした。

「ああ、君の中はたまらないな……」

ため息交じりに言うアレクセイは、ミハルを座位で貫いたまま強く抱き締める。

「あ、ぅ」

硬く熱い鍛え上げられた胸板で尖り切った乳首を擦られて、その刺激にミハルは身悶えた。

もはやなにをされても感じて、ずっと達しているみたいな感覚がある。

「中がうねって、私のものに絡みついてくる……気持ちがいい」

耳元に唇を押しつけたアレクセイがため息交じりに囁く。ミハルの背筋がぶるっと甘く震えた。

内部を押し広げる彼の性器は、これ以上ないほどに硬く滾っている。

アレクセイが自分の躰で感じているのだとわかると、深い歓喜が湧き上がる。躰とともに、心までもが満たされたような気がした。

もうほとんど出すものはない性器は、達しすぎてただじんじんと疼くばかりだ。

ふいに、彼がずっと繋がったままの腰をぐいと強く引き寄せた。幾度も出して過剰に敏感になっているミハルの性器がふたりの下腹部の間で押し潰され、裏筋と先端を獣の体毛でざり、と擦られる。

下から突かれるたびに、引き上がった小さな袋ごと茎をきつく挟まれることになり、痛み交じりの快感に身を震わせる。

「こ、これ、いや……っ」

強すぎる刺激が怖くて、いやいやと抗おうとしたけれど、彼はそれをやめてくれない。尻をずくずくと再奥まで貫きながら、同時に前を獣の体毛で擦り続けられる。抗えずにされるがままになっているうち、せり上がってくるものがあった。

堪え切れず、性器の先端からぷしゃっとなにかが溢れる。心許ない感覚に、痙攣《けいれん》のように身を震わせながらミハルは喘ぐ。吐き出した尿でも精液でもないもので、アレクセイの引き締まった腹を濡らしてしまう。

なにが起きたのかよくわからなかった。

衝撃で呆然としていると、彼がふいに笑みを消した。ミハルの腰をしっかりと掴み直し、一際深く突いてくる。端正な顔を苦しげに歪めたアレクセイの硬い膨らみで、熟《う》れた粘膜を激しく刺激されて、ミハルは彼にしがみつく。

「あ、あぁー……っ」

もう前からはなにも出ないのに、蜜を垂らしているときと同じ感覚があった。

「ミハル……、愛しいミハル……」

小さな躰を抱き締めてくる彼の躰が強張る。

中のものが一際膨らみ、硬くなるのがわかった。一瞬動きを止めた彼が、ミハルの最奥にどくどくと熱い迸りを叩きつけてくる。吐き出しながらも、再び突き入れる動きをされ、獣人の胤《たね》を奥までたっぷりと飲み込まされる。

愛しい者の情熱を溢れるほどに注ぎ込まれて、ミハルは深い充足感で震える息を吐いた。

――国を転々とする流浪の暮らしの中でも、優しい両親に愛されて育った。

それでも、ずっとどこかに不安があった。追われていないと気づいたあとも、どこにも属していない心許なさ、秘密を隠し続けなければならない重苦しさを感じながら生きてきた。

だが、一族と両親の故郷に帰り着き、そこで愛する人に巡り会った。生まれて初めての安らぎを感じ、ミハルは自分がようやく帰るべき場所に戻れたことを知った。

これからは、この地に根を下ろして生きていくのだ――愛する伴侶とともに双子を守りながら。

もう二度と、得体の知れない不安を感じることはないだろう。

アレクセイの力強い腕に抱き締められ、恍惚とした気持ちでミハルは目を閉じた。

＊

ぺったんぺったんと、生地を捏ねる音がする。

アレクセイと正式に結婚し、双子とともに王城の一室に移り住んだミハルは、午後になると週に数回、料理人に頼んで厨房を使わせてもらっている。

それは、三歳になった双子たちと一緒に、パンを作るためだ。

ミハルがせっせと家族のためにパンを焼き、町の人たちにも届けるのを見て育ったふたりは、パンを食べることも作ることも大好きだ。

自由に作らせると、長男のエリアスは時間をかけて非常に独創的なかたちのパンを作り、長女のリーリアはてきぱきと母と同じパンを作る。だが、どんなかたちのパンでも、祖父である王も、父親であるアレクセイも、双子の若い叔父であるアレクセイの弟王子も、皆喜んで食べてくれるからありがたい。

双子の将来の夢が『パン職人』になる日も近い気がするが、ミハルとしては、どんなものであっても好きな夢を抱いてほしいと思っている。アレクセイが王位を継いだあと、順番的にはエリアスが次の王になるはずだけれど、双子の間で話し合い、場合によってはリーリアが女王になったっていいのではないか。

なんにせよ、後悔しないようにせいいっぱい人生を楽しんで生きてくれたら、それだけでいい。

「——おかあさま、おかあさま」

生地を成形し終わって焼き窯に入れたあと、ミハルが出した水で小さな手を洗いながらリーリアが呼んだ。

「なあに？」

小さな娘の前に屈み込んで手を拭いてやりながら、ミハルは視線を合わせる。

「おかあさまは、どうしておとうさまとけっこんしたのですかー？」

目を輝かせて投げかけられた予想外の質問に、ミハルは目を丸くした。

「どうしてぇー？」

焼き上がりが待ち切れず、厨房の中をうろうろしていたエリアスまで、こちらにやってくる。

「えっと……」

アレクセイとミハルがなぜ結婚したのかを説明するには、かなり長い時間が必要だ。

そもそも、数代前の祖先にまで亘る入り組んだ話を、まだ幼いこの子たちが理解できるものだろうか?

(薬師の始祖が……とか、実は、お父さまとお母さまは、少し血が繋がっていて……とか、うーん、まだ早すぎるかな……?)

悩んでいると、しゃがんだミハルの前に並んだふたりは、わくわくと目を輝かせながら母の答えを待っている。

その頭の上にぴょこんと生えた可愛い獣耳の向こう側から、アレクセイが通路をこちらへとやってくるのが見えた。

おそらくは長引いた朝議が終わり、家族を捜しに来たのだろう。

しゃがんでいるミハルと、その前に並ぶ子供たちを見て、彼が足を止める。叱っているところかと思ったのだろう、声をかけてもいいものかと迷ったのか、彼の頭の上の片方の獣耳がぴこっと伏せる。

その様子に、ミハルの頰にふふっと笑みが零れた。

いちばんぴったりの答えを思いついて口を開く。

「あのね……」と言うと、双子は真剣な顔をしてふむふむと聞く態勢を取る。

「お父さまには、とっても立派な狼のお耳が生えているでしょう? なんて素敵な人なんだろうと思って、気づいたら恋に落ちていたんだよ……おや? エリアスとリーリアにも、可愛いお耳が生えているね」

ふたりの頭の上のアレクセイにそっくりな可愛らしい耳をそっと撫でると、双子は嬉しそうに目を合わせて耳をぴくぴくさせる。

厨房の入り口に立つアレクセイが、よっつ並んだ小さな獣耳と、その向こう側のミハルを見て微笑む。

「――二人とも、よく動く立派ないい耳だな」

「「おとうさま！」」

背後からかけられた声に、わっと双子がアレクセイの元に駆け寄る。両腕に抱き上げられて、大好きな父からそれぞれの頬にキスをされ、嬉しそうにはしゃぐ。

「お疲れ様です。いま焼いているので、おやつにはこの子たちと一緒に作った美味しいパンが食べられますよ」

立ち上がったミハルが笑顔で言うと、双子をそれぞれの腕に抱いたまま、アレクセイがなぜだかこちらに顔を近づけてきた。

双子にしたのと同じように、ミハルの額にも優しいキスをしてから「それは楽しみだな」と彼が笑う。

双子は目の前でされた両親のキスにわあー！　っと声を上げて大喜びだ。ふっさりとした尻尾をそれぞれ千切れんばかりにぶんぶんと振っている。

口にするのは我慢したぞ？　と言わんばかりのアレクセイの表情に呆れつつも、文句は言えない。

パンを焼く幸せの香りが漂う中、愛する家族に囲まれ、ミハルは幸福な気持ちでおやつの支度に取りかかった。

END

あとがき

はじめまして＆こんにちは、この本をお手に取ってくださり、本当にありがとうございます！

こちらはクロスノベルスさまで初めて出していただく本になります。

中世×ファンタジーのお話がいいなあと思い、ケモミミと尻尾を持った獣人の王太子攻め、不思議な力を持ったパン屋さんの受けの純愛なお話を書かせて頂きました。

アレクセイは「好きになったら離れるときに悲しませるから」と、ミハルへの気持ちを抑え気味にしていて、ミハルのほうも同じように、「愛してもずっとそばにはいられない」という感じで、お互いに踏み込むことに躊躇いながらも、どうしても気持ちを止められない……みたいな感じのやや両片想い的な始まりのお話です。

冒頭部分をどうしても攻め視点で書きたかったので、今回受け攻め両視点のお話になったのですが、水車小屋デートのシーンとか、初めてのエッチシーンとか、ミハル視点だったところをもしもアレクセイ視点で書いていたら、またぜんぜん違うお話になっていたような気がします。（アレクセイは心の中で、ものすごく鼻息荒く、ミハルが可愛い可愛い食べてしまいたいとずっと思っていた気が……）

なかなか書く機会がないのですが、両視点はすごく楽しいので、またいつかこういう感じで書けたらいいなと思います。


ここからはお礼を書かせてください。

イラストを描いて下さったサマミヤアカザ先生、美しくて可愛いカラーイラストを本当にありがとうございました！　二種類いただいた表紙の構図がどちらもあまりにも素敵過ぎて決められないほどで、完成したカラーイラストの素晴らしさに改めて感激です……！　モノクロのラフもどれもときめき満載の構図なので、いまから完成を楽しみにしております。

担当さま、たくさん的確なアドバイスをくださり本当に助かりました！ところどころ迷走してしまって申し訳ありません、ものすごく余裕を見ていただけたうえにスムーズに対応してくださって、感謝の気持ちでいっぱいです。

そして、この本の制作と出版に関わって下さったすべての皆様に全力でお礼申し上げます。

あとがき

余談なのですが、この本でなんとびっくりＢＬ二十冊目になりました！

ここまで書き続けられたことに、誰よりも自分が驚いております。

お仕事を下さった担当様と出版社様、そして、本を買って下さった皆様に心から感謝いたします。

最後に、この本を読んで下さった方、本当にありがとうございました！

どなたかおひとりでも「読んで良かった」と思ってもらえたら、本当に嬉しく思います。

なにかご感想などありましたら、ぜひぜひ教えてくださいませ。心の養分と今後の参考にさせていただきたいと思います。

また次の本でお目にかかれたら幸せです。

二〇二〇年八月　釘宮《くぎみや》つかさ【@kugi_mofu】

CROSS NOVELSをお買い上げいただき
ありがとうございます。
この本を読んだご意見・ご感想をお寄せください。
〒110-8625
東京都台東区東上野2-8-7　笠倉出版社
CROSS NOVELS 編集部
「釘宮つかさ先生」係／「サマミヤアカザ先生」係

CROSS NOVELS

狼王子とパン屋の花嫁

著者
釘宮つかさ

2020年10月23日　初版発行　検印廃止

発行者　笠倉伸夫
発行所　株式会社　笠倉出版社
〒110-8625　東京都台東区東上野2-8-7　笠倉ビル
[営業]TEL　0120-984-164
FAX　03-4355-1109
[編集]TEL　03-4355-1103
FAX　03-5846-3493
http://www.kasakura.co.jp/
振替口座　00130-9-75686
印刷　株式会社　光邦
装丁　磯部亜希
ISBN　978-4-7730-6054-6
Printed in Japan